全民经典阅读

曾才友——主编

坚持不懈

——在逆境中抬头的力量

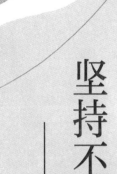

成都地图出版社
CHENGDU DITU CHUBANSHE

图书在版编目（CIP）数据

坚持不懈：在逆境中抬头的力量 / 曾才友主编 . --
成都 : 成都地图出版社有限公司 , 2024.4
ISBN 978-7-5557-2479-7

Ⅰ . ①坚… Ⅱ . ①曾… Ⅲ . ①故事 – 作品集 – 中国 –
当代 Ⅳ . ① I247.81

中国国家版本馆 CIP 数据核字 (2024) 第 060097 号

坚持不懈——在逆境中抬头的力量
JIANCHIBUXIE——ZAI NIJING ZHONG TAITOU DE LILIANG

主　　编：曾才友
责任编辑：王　颖
封面设计：李　超

出版发行：成都地图出版社有限公司
地　　址：四川省成都市龙泉驿区建设路 2 号
邮政编码：610100

印　　刷：三河市人民印务有限公司
（如发现印装质量问题，影响阅读，请与印刷厂商联系调换）

开　　本：710mm × 1000mm　1/16
印　　张：10　　　　　　　字　　数：130 千字
版　　次：2024 年 4 月第 1 版
印　　次：2024 年 4 月第 1 次印刷
书　　号：ISBN 978-7-5557-2479-7

定　　价：49.80 元

前　言

　　《周易》有云："天行健，君子以自强不息；地势坤，君子以厚德载物。"老子曰："胜人者有力，自胜者强。"易卜生先生曾经说过："世界上最坚强的人就是独立的人。"陶行知先生则说："滴自己的汗，吃自己的饭，靠人，靠天，靠祖上，不算好汉。"是的，只有自立的人才会有所作为，只有自立自强的国家才不会受欺负，才能繁荣富强。人要学会自立，更要懂得自立。不经历地狱的磨炼，不能造出美好的天堂；没流过血的手指，无法弹出世间的绝唱。只有顽强自立地生活，才能体验生活的美好。人人都应该自立，决不能沾染上懦弱依附的风气。人人都应该自强，决不能让自己成为他人的笑谈。我们唯有自立自强，才能实现人生价值。

　　青年人犹如一棵棵嫩嫩的青草，确实需要一些爱心的呵护。但是，在被呵护的过程中，也同样要学会自立。不然的话，假如哪一天失去了呵护，那又该如何？难道眼睁睁看着自己在狂风暴雨中自生自灭吗？

　　总有一天我们会长大，总有一天事情要我们自己解决，要自己面对。我们不能时时事事都依赖于他人，否则，迟早会被日新月异的社会所淘汰。

　　只有自立才能自强，自立是成功的先决条件，是自信的表现，是一种积极向上的精神。

　　本书分为立志才能立人、在逆境中抬头、在勤奋中站立、挺起不屈的脊梁、在追求中立身、狂风吹不倒6章，囊括70多个生活

自立的故事，取材广博，选例典型，叙事简明，重点突出。

本书荟萃了生活自立的各种故事，犹如人生培养健全人格必备的修养全书，如能认真阅读和深入思考，定能让你看透人生的迷雾，使自己变得洞察世事，人情练达，从而走向更加成功和灿烂的辉煌明天。

在编撰过程中，由于受资料和学识所限，不足之处在所难免，欢迎广大读者提出建议和批评，以便将来再版时采纳和改正。

目 录

第一章 立志才能立人

第二章 在逆境中抬头

第三章　在勤奋中站立

第四章　挺起不屈的脊梁

第五章　在追求中立身

第六章　狂风吹不倒

第一章

立志才能立人

定要走遍五岳九州

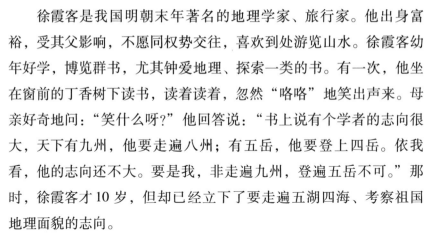

丈夫志四海，万里犹比邻。

——曹植

　　徐霞客是我国明朝末年著名的地理学家、旅行家。他出身富裕，受其父影响，不愿同权势交往，喜欢到处游览山水。徐霞客幼年好学，博览群书，尤其钟爱地理、探索一类的书。有一次，他坐在窗前的丁香树下读书，读着读着，忽然"咯咯"地笑出声来。母亲好奇地问："笑什么呀？"他回答说："书上说有个学者的志向很大，天下有九州，他要走遍八州；有五岳，他要登上四岳。依我看，他的志向还不大。要是我，非走遍九州，登遍五岳不可。"那时，徐霞客才 10 岁，但却已经立下了要走遍五湖四海、考察祖国地理面貌的志向。

　　从 21 岁起，徐霞客正式开始进行旅行考察。在前后 30 多年的时间里，他长年与山水为伍，同云霞做伴。东到普陀，西至腾冲，北达盘山，南临崇左，足迹遍及今 20 个省、市、自治区。当时没有什么交通工具，他长途跋涉全靠两条腿；也没有任何科学仪器，考察的方法非常原始。他在旅途中历经千辛万苦，碰到了无数的艰难险阻。

　　有一次，他在广西境内考察水道，由于不适应那儿潮湿闷热的气候，他和同伴都病倒了，一连好些天高烧不退。一天早晨，他从迷糊中醒来，发现同伴已经去世了。徐霞客挣扎着起身，埋葬了同伴，又独身一人穿行在南方的山山水水中。

徐霞客所到的地方，多是人迹稀少的穷乡僻壤，所考察的主要是陡峭的山峰和急流峡谷。有时为了攀登悬崖峭壁，他像猴子那样攀藤附葛；为了探测深邃的山洞，他经常伏地爬行。有一次，在考察雁荡山时，他看到顶峰的一块大石头好像被劈开了，就想顺着石壁下去看看。石壁跟刀背一样，怎么下呢？他把包脚布解下来，系在一起连成一条带子，一头拴在一棵大树上，两手抓住带子的另一头往下滑，下到石壁下的台阶上。下去后，他发现台阶很小，仅有落脚的地方，再往下就是万丈深渊了。由于无路可走，他只好再爬上去。当他抓着带子刚刚登上悬崖，带子就被岩石磨断了，他险些跌下万丈深渊送掉性命。

在整个考察过程中，他曾几次陷于绝境。一次在湘江乘船时，一群强盗把他的行李和旅费抢劫一空，他跳到水里才得以逃命。他四次断粮，只好靠卖衣服维持生计，或采些野果充饥。但徐霞客从来没有被困难吓倒过。

通过艰苦的考察，徐霞客取得了许多重大的成就。例如他指出长江的上游是金沙江，纠正了源头在岷山的说法。他提出形成石灰岩地貌的重要原因是水的作用，成为世界上第一个对石灰岩地貌进行科学分析的人。他考察的内容很广泛，包括各种地理现象，山脉、河流、岩石、土质、水源、气候等无所不包。

难能可贵的是，在长达 30 多年的考察中，徐霞客不管多么劳累，晚上都要点起油灯，把当天的经历和收获记录下来，后来整理成为一部地理考察专著——《徐霞客游记》，为后人留下了珍贵的地理资料。

第一章
立志才能立人

从小立志的张仲景

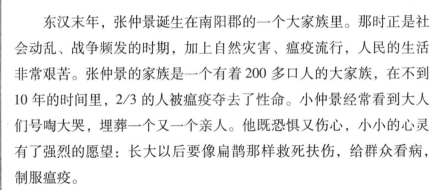

有志者事竟成。

——《后汉书》

东汉末年，张仲景诞生在南阳郡的一个大家族里。那时正是社会动乱、战争频发的时期，加上自然灾害、瘟疫流行，人民的生活非常艰苦。张仲景的家族是一个有着200多口人的大家族，在不到10年的时间里，2/3的人被瘟疫夺去了性命。小仲景经常看到大人们号啕大哭，埋葬一个又一个亲人。他既恐惧又伤心，小小的心灵有了强烈的愿望：长大以后要像扁鹊那样救死扶伤，给群众看病，制服瘟疫。

从此，他努力钻研医学，拜同乡名医张伯祖为师，孜孜不倦地刻苦学习，在年轻的时候就掌握了丰富的医学知识。有一段时间，张仲景当过长沙太守，不过他认为治病救人比当官更重要，所以，常常在大堂上为病人看病。现在很多中药店叫某某堂，如同仁堂、胡庆余堂等，就是这样传下来的。后来，他看不惯官场上的腐败黑暗，就辞官回家，专心研究医学，一心要制服瘟疫。他翻遍古代医书，"勤术古训""博采众方"，对古人的经验下苦功分析验证，根据自己的看病实践，逐渐掌握了"辨证论治"医治瘟疫的方法。

一年夏天，湖南一带瘟疫流行，有个伤寒病患者头痛发烧，肚子胀得像面小鼓，吃了发汗药不见好转，家人便请来了张仲景。张仲景观察病人情况后，认为病在表皮时用一般的发汗药就能治好，现在他的病已经到了身体内部，再用发汗药就会引起虚脱。他根据自己的经验开了药方，病人的病情很快就好转了。

就这样，张仲景在瘟疫流行期间，用"辨证论治"的方法，挽救了许多人的生命。

张仲景在治病的实践中，不断总结和创造，不但摸索出了"辨证论治"的治疗原则和方法，还发明了许多具体有效的医疗方法。

有一次，有个人上吊自杀，被人救下来时，已经没气了。大家以为他已救不活，就找来一口棺材，准备把他装到棺材里埋掉。当时，张仲景正好路过，他想，这个人虽然没气了，但也许是憋昏了，说不定还可以救活。怎么救呢？他想起针对掉在水里淹昏的小猪，农民有一种救治的办法，这个办法是不是可以用来试一试呢？于是，他叫人把救下的人放到床板上，让两个人分别把这个"死人"的两只胳膊抬起放下，连续运动。他自己用手掌在"死人"的胸脯上压一下又松一下，和抬胳膊的两个人配合行动。这样连续做了好一会儿，那个人慢慢地有了呼吸，最后活了过来。

张仲景抢救上吊的人的方法，其实就是现在的"人工呼吸法"。这种方法，在许多情况下都能起到急救的作用。

张仲景不但善于吸取前人和旁人的经验，而且还很重视医疗经验和治疗技术的传播。他写过很多书，其中最有名的是《伤寒杂病论》。后人把它分成了两部分，一部叫《伤寒论》，一部叫《金匮要略》。这两部书一直流传至今。张仲景的这两部著作，奠定了中医治疗学的基础，现在仍然是医生们学习研究中医理论和临床治疗的重要典籍，有很高的实用价值，被世界医学界视为金科玉律。

像英雄们那样

> 志当存高远。
>
> ——诸葛亮

提起烧鸦片，人们很自然地会联想到鸦片战争，怀念中国近代史上第一位民族英雄林则徐。

林则徐，字元抚，又字少穆、石麟，1785 年 8 月 30 日出生于福建侯官一个较贫寒的家庭。在求学期间和中举人后，因家庭经济困难，他曾几次出外谋生，当过衙门文书，也做过塾师。这使他较为接近人民群众，对民间情况有所了解。他博览诸子百家的著作，注意"经世致用"，对岳飞、文天祥、于谦、郑成功等历史上的一些英雄人物十分敬仰，立志成为他们那样的人。

1838 年 12 月，道光皇帝任命林则徐为钦差大臣，节制广东水师，前往广州查禁鸦片。

林则徐素来注意广泛听取意见和重视调查。早在江苏做官时，他就亲自榜书了一副约束自己的堂联："求通民情，愿闻己过。"上联提醒自己了解群众的情况和疾苦，下联鼓励人们敢于向自己提意见。出任钦差大臣，他仍然是这种作风。当路过安徽舒城时，林则徐听说当地有位士绅几年前在广东香山县任官期间曾查获不少鸦片。于是，林则徐向他详细探询广东方面鸦片走私、烟毒泛滥的情

坚持不懈
——在逆境中抬头的力量

况。他沿途拜会了很多地方官员和士绅，打听鸦片走私的情况。1839年3月，林则徐在江西旅途中，及时向广东布政使司、按察使司发出逮捕61名重要烟犯的密令。钦差大臣在上任途中，就显示出他的禁烟决心和威力。到了广州后，他下令查封所有烟馆，速缴鸦片烟土。他不顾英国驻华商务总监查理·义律的恫吓，命令英国的22艘鸦片趸船，全部开到虎门。

1839年6月3日下午2时，林则徐登上虎门海滩的礼台，震惊世界的虎门销烟，在隆隆的礼炮声和广大群众的欢呼声中开始了！销烟连续进行了23天，230多万斤鸦片全被销毁。

为天下穷人行医看病

石可破也，而不可夺坚；丹可磨也，而不可夺赤。
——《吕氏春秋·诚廉》

屋外狂风呼啸，破旧的房屋摇摇欲坠，随时都会倒塌。屋里悲惨凄伤，刘完素患病的母亲刚刚去世。刘完素知道，母亲的病要是及时治疗是能治好的，但由于家庭贫困无钱请医生，母亲硬是让疾病给拖死了。刘完素大哭一场，埋葬了母亲。他立志要学医，做一个有用的医生，为天下穷人行医看病。从此，他开始云游四方，一边拜师学医，一边为人治病。浪迹天涯许多年后，他在河北河间县定居下来。

刘完素聪明，医术精湛，而且他本来就是抱着为穷人看病的信念，所以很受群众欢迎。金朝皇帝知道他的本事和品行后，三次请他做官，都被他拒绝了。他用毕生的精力研究医学，始终在民间行医。

刘完素的钻研精神十分感人，对所研究的问题总是力求透彻全面，决不肤浅草率。一本《黄帝内经》，他花了几十年的时间细细研读，从25岁到60多岁，真是从少壮到白头。

正是在这种深入研究、务求精通的治学思想指导下，刘完素取得了很大的成就。他发现北方地区气候干燥，天气寒冷，很多人都爱饮酒，所以疾病多以热性病为主。可医生往往不注意这个特点，给病人服用含有温燥芳香药的成药，反而使病人病情加重。针对这种情况，刘完素奋笔著书，提出这样治疗的危害性，还讲述对这些热性病应该如何治疗。他用前人的经验对热性病的发病机制作了总结，还把热性病的类型扩充到50多种。这些，构成了刘完素学术思想的核心。刘完素还开创了其他疾病的治病新路，是很有成就的一代名医。

为了法兰西的解放

岁寒，然后知松柏之后凋也。

——孔子

1890年11月22日，戴高乐生于里尔一个教师家庭。父亲亨利·戴高乐参加过普法战争，当过教员，他的强烈的民族主义思想情感对戴高乐影响很深。戴高乐10岁时就向父亲表示立志从戎。

1909年，戴高乐考上圣西尔军校，开始军人生活。1912年从军校毕业。不久，他被派往第33步兵团供职，颇得贝当团长的重视。1914年8月第一次世界大战爆发后，戴高乐随步兵团开赴前线。大战期间，戴高乐受过3次伤，得到3次嘉奖。1916年被俘，曾5次试图脱逃，均未成功，直到大战结束，才获得了自由。1920—1921年，戴高乐任法国驻波兰军事代表团成员，获得过波兰最高勋章，回国后在圣西尔军校讲授军事史。

20世纪二三十年代，戴高乐作为贝当的幕僚，来往于莱茵区、近东执行军事使命，并致力于战略和军事理论的研究。1932年，他出版了《剑刃》一书。1934年，又出版了《建立一支职业军》一书。1937年底，戴高乐晋升上校，任第507坦克团上校团长，人们给他取了个外号叫"摩托上校"。

第二次世界大战爆发后，法国统治当局依凭"马奇诺防线"，宣而不战。当时，戴高乐率部驻守亚尔萨斯，几次写信给总参谋部，呼吁建立装甲部队，指出"在这场战争中消极被动要遭失败"。1940年3月，雷诺组阁。戴高乐又写信给他，力主改革。5月，德军发动突然袭击，侵入荷兰、比利时、卢森堡，突入法国北部。戴高乐受命指挥第四装甲师，在拉昂、阿布维尔一带进行阻击。可是由于以贝当、魏刚为首的军界头目鼓吹失败主义，不予支援配合，戴高乐部队孤军败战。6月5日，雷诺任命戴高乐为国防部副部长。戴高乐力主抵抗，曾两度飞往伦敦，向英国人表示雷诺政府抗战到底的决心。

6月14日，巴黎陷落。在这个重要关头，戴高乐离法赴英，于6月18日在英国广播电台发表了《告法国人民书》。他在这一著名演说中打出了"争取民族独立"的旗帜。他庄严宣告："无论发生什么事，法国抵抗的火焰不能熄灭，也绝不会熄灭。"第二天，他又以"法国"的名义宣布："一切仍有武器在手的法国人，他们的本分是继续斗争。"

戴高乐在伦敦组织"自由法国"运动，得到了英国的支持，承认他是"自由法国人的领袖"。

戴高乐重视武装部队的筹建，招募志愿人员的工作进展迅速，从7月末到11月，"自由法国"的武装力量由7000人扩充到3万人。10月，戴高乐组织了法兰西帝国防务委员会，坚决表示"要把战争一直打到解放为止"。戴高乐还成立了"中央情报和行动局"，向国内派遣情报员，开辟"特殊战场"。1942年元旦，戴高乐派前省长让·穆兰空降到法国南部，联络国内的抵抗组织，力图成立统一的抵抗组织，从属于"自由法国"，还提出了"一个战斗，一个领袖"的口号。同年，"自由法国"改名为"战斗法国"，进一步统一了国内的抵抗运动。1943年6月，戴高乐在阿尔及利亚成立了"法兰西民族解放委员会"，宣布它是"法国的中央政权机关"，号召法国人民同它一起，"通过战争和胜利，使法国重新恢复自由、伟大和在强大盟国中的传统地位"。1944年6月，戴高乐出任临时政府主席。

1944年6月和8月，英美联军在法国北部、南部先后登陆，法国抵抗力量的起义风暴席卷法国，巴黎人民用自己的战斗解放了首都。8月，戴高乐随盟军进入巴黎。9月初，戴高乐改组临时政府，给一些抵抗运动的头头封官晋爵。他还以"临时政府"的名义，宣布恢复共和国军队，解散和改编内地军，解除了几十万游击队的武装。同时，勒令"全国抵抗委员会"和各地解放委员会立即解散。接着，法军和盟军一起，渡过莱茵河，继续追歼德国侵略者。1945年5月，法军和盟军一起接受德国投降。

胜利后，戴高乐主张扩大总统权力，提出所谓复兴法兰西运动。由于在国家体制和宪法等问题上与 3 个政党组成的左翼政府意见分歧，戴高乐于 1946 年 1 月宣布辞职。

在法兰西第四共和国（1946—1958 年）的 12 年间，戴高乐作为"在野派"的首领，以"法兰西人民联盟"为阵地，扩大自己的力量。他宣传自己的政见，对法兰西第四共和国历届政府的内外政策进行了强烈的抨击。在 20 世纪 50 年代中期，他一面从事《战争回忆录》的写作，一面申述维护民族独立、加强欧洲联合的必要性和迫切性。

1958 年，法国政局混乱，第四共和国陷入内外交困的危机。戴高乐接连发表声明，表示要接管共和国的权力。5 月底，戈蒂总统任命戴高乐组阁。9 月，进行公民投票选举，通过了新宪法，第五共和国随即宣告成立。年底，戴高乐当选为法国总统。1965 年总统选举时，戴高乐连任总统。在他执政的 10 年中，他改革了国内的政治制度，镇压了反对派的活动，结束了阿尔及利亚的战争，并采取发展工业、增强经济实力的措施。在外交上，他执行了维护法兰西民族独立和自由的政策，反对超级大国的强权政治和霸权主义。1963 年初，戴高乐公开提出"欧洲人的欧洲"的口号，推动共同市场经济一体化，为实现"欧洲联盟"而努力。同年，法国正式拒绝了美国提出的"多边核力量"计划，拒绝在苏美控制的《部分禁止核试验条约》上签字，坚持建立自己的独立核力量。1965 年 5 月，戴高乐一再表示法国决不把自己的命运交给任何"超级大国"去控制，重申要在世界上建立一种"新的均势"，"这种均势要以每一个国家的民族独立和责任为基础，而不是以一个世界大国的独霸或两个世界大国的共同霸权为基础"。1966 年，法国退出了北大西洋公约组织。1967 年，撤除美国在法国的驻军和军事基地。同年 8 月，戴高乐在电视演说中再次指责苏、美的霸权政策，表示法国在对外关系上要采取"法国自己的立场、自己的政策"。1968 年，法国政府多次公开谴责苏联军队侵略捷克斯洛伐克。戴高乐重视同我国的友好关系，1964 年 1 月，中法正式建立外交关系。戴高乐认为"在亚洲，没有中国的参加，就不能办成任何大事"。在去世前的几个月，他还打算亲自访问中国。

1969 年 4 月，由于国内政治危机和经济危机严重，戴高乐无力解决矛盾，被迫辞职，退居科隆贝。1970 年 11 月 9 日，由于动脉瘤引起的胃动脉破裂，他在科隆贝突然去世。

中国铁路由中国人自己来修

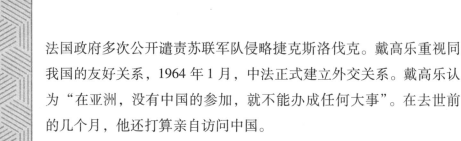

有志诚可乐，及时宜自强。

——欧阳修

在北京八达岭附近的青龙桥车站，矗立着一座铜像。铜像塑造的是位 60 岁左右的老人，胖胖的脸上挂着慈祥的微笑。他就是当年负责建造北京到张家口铁路的总工程师詹天佑。

詹天佑从小就非常聪明，在数理方面很有天赋。11 岁那年，父亲带他参加清政府组织的官派留学生考试，他以优异的成绩考取了。父亲高兴地流下了眼泪，一再叮嘱他要好好学习。

詹天佑在美国留学十年间，学了土木工程和铁路工程两个专业。学成回国后，他决定大干一番，把自己的知识才能发挥出来造福国民。

20 世纪初，清政府决定修筑京张铁路。当时，中国的铁路公司依附于帝国主义，公司的大权控制在外国人手里。外国人把经营中国的铁路看成是有利可图的事。当要修筑京张铁路的消息传开时，外国人你争我夺，谁都想夺到筑路权和经营权。英、俄两国吵得更厉害，非得要派自己国家的人当总工程师不可。双方僵持不让，最后达成协议："如果清廷不借外债，不用洋匠，全由中国人独立修筑，双方可都不参与。"

迫于这种形势，清政府决定自筑京张铁路，詹天佑被任命为总工程师。这样一来，外国人停止了争执，又把矛头对准中国工程技术人员，说什么中国人哪修得了铁路，修建这种铁路的中国工程师还没有出世呢！真是狂妄至极。

詹天佑早就对清政府无视中国利益、肆意出卖铁路权感到无比愤慨，坚决主张中国铁路由中国人自己来修。面对帝国主义的蔑视，詹天佑决心为中国人民争口气，把京张铁路造得让人心服口服。

他带着工程技术队，投入了紧张的选线测量工作。为了寻找一段最佳的路线，他每天翻山越岭，迎着塞外怒号的狂风，在悬崖峭壁上定点制图。晚七点，他在简陋的工棚里认真计算和绘图。他说："技术工作一定要求精密，不能有一点儿含糊和轻率，'大概''差不多'这一类的话不能出自工程人员之口。"

1905 年 9 月，铁路工程正式开工。这个工程的复杂性和艰巨性是当时世界铁路史上少见的。最艰难的要算中段线路南口到岔道城，这一带地形崎岖，山峦重重，地势逐步升高，要筑路必须开山填壑、开凿隧道。其中最长的八达岭隧道长约 1000 多米。那时没有开山机、抽水机、通风机等设备，这些隧道几乎都靠人工开凿。詹天佑经常和工人们一起挑水运泥，和工人们一起吃住，随时检查和指导铁路修筑工作。

隧道打通后，詹天佑考虑到八达岭地段势险坡陡，铁轨直铺的话列车很难爬上去，容易翻车，就决定从青龙桥起，傍着山腰，把铁轨铺成"人"字形。又在列车各个车厢之间设计了自动挂钩，使车厢不容易脱节。

1909 年 10 月 2 日，京张铁路举行了盛大的通车典礼。京张铁路的施工时间比原计划缩短了 2 年，还节省了 28 万两银子。我国自建的第一条铁路胜利通车，大长了中国人民的志气。詹天佑在我国的铁路史上写下了光辉的篇章。

三千越甲可吞吴

> 日日行，不怕千万里；常常做，不怕千万事。
>
> ——《格言联璧》

在山东省淄博市淄川区，有一个小小的村庄——蒲家庄，这里是我国著名文学家蒲松龄的出生地。

蒲松龄，字留仙，一字剑臣，号柳泉居士，生于 1640 年，卒于 1715 年。他自幼聪明过人，读书过目不忘，19 岁初应童子试，即以县、府、道三试第一中秀才。但以后却屡试不第，有两次是被诬为犯规而轰出考场。个中原因，是清朝初年满族统治者不允许更多有才华的汉族平民进入官僚阶层。蒲松龄在这个"仕途黑暗，公道不彰"的社会里，悲愤满腔。由于家境窘迫，他 31 岁时去宝应县为同邑孙蕙当过一年幕客。40岁时，被西铺村毕氏聘为私塾教师，直到70岁才撤帐回家。

蒲松龄虽然一生未能中举，到71岁才援例拔为岁贡生，但是，他在悲愤中不忘进取。他在自己压纸用的铜条上刻了一副对联："有志者，事竟成，破釜沉舟，百二秦关终属楚；苦心人，天不负，卧薪尝胆，三千越甲可吞吴。"他运用楚霸王项羽破釜沉舟、大破秦兵和越王勾践卧薪尝胆、灭吴雪耻的故事，表达了矢志不渝的决心。后来，蒲松龄终于写出了《聊斋志异》这样的"孤愤之书"。这是他一生最有价值的东西。

在蒲松龄故居"聊斋"里，郭沫若曾为蒲松龄的画像题写了一副对联："写鬼写妖高人一等，刺贪刺虐入骨三分。"这正是对蒲松龄一生的评价。

蒲松龄作为一位敢于仗义执言、刺贪刺虐的作家，虽在当时不得志，却为后世所景仰。

要留清白在人间

> 位卑未敢忘忧国，事定犹须待阖棺。
>
> ——陆游

屈原一生经历了楚威王、楚怀王、顷襄王3个时期，主要活动于楚怀王时期。这个时期正是中国即将实现大一统的前夕，"横则秦帝，纵则楚王"。屈原因出身贵族，又明于治乱，娴于辞令，故而早年深受楚怀王的宠信，位为左徒、三闾大夫。屈原为实现楚国的统一大业，对内积极辅佐怀王变法图强，对外坚决主张联齐抗秦，使楚国一度出现了一个国富兵强、威震诸侯的局面。

但是由于在内政外交上与楚国腐朽贵族集团发生了尖锐的矛盾，屈原遭到上官大夫等人的嫉妒，受到诬陷而被楚怀王疏远。上官大夫和屈原职位相当，他很嫉妒屈原的才能。有一次，怀王命屈原制定国家法令，屈原刚写完草稿，还没最后修订完成。上官大夫见到之后想夺为己有，但屈原不肯给他。他就向楚怀王说屈原的坏话："大王您让屈原制定法令，上下没有人不知道这件事，每颁布一条法令，屈原就自夸其功，说是'除了我之外，谁也做不出来'。"怀王听了，非常生气，因此就对屈原疏远了。

怀王十六年（公元前313年），张仪由秦至楚，以重金收买靳尚、子兰、郑袖等人充当内奸，同时以"献商於之地六百里"诱骗怀王。

当时屈原劝说楚王不要与齐国断交，等到秦国给了楚国600里地后，再断交也不迟，但楚怀王不听，与齐国断交。但向秦国要600里地时，张仪说只是6里，不是600里。楚国使者非常生气地离去，回到楚国把这事告诉了怀王。怀王勃然大怒，大规模起兵攻打秦国。秦国也派兵迎击，在丹水、淅水一带大破楚军，并斩杀8万人，俘虏了楚将屈匄，接着又攻取了楚国汉中一带。于是楚怀王动员了全国的军队，深入进军，攻打秦国，两军在蓝田激战。韩国和魏国得知此事，派兵偷袭楚国，打到邓地。楚兵非常害怕，不得不从秦国撤军回国。而齐国痛恨怀王背弃盟约，不肯派兵救助楚国，楚国的处境非常艰难。怀王十八年（公元前311年），秦国提出割让汉中一带土地和楚国讲和，但楚怀王说："我不希望得到土地，只想得到张仪就甘心了。"张仪听到这话，就说："用我一个张仪来抵汉中之地，请大王答应我去楚国。"张仪到楚国之后，又给楚国掌权的大臣靳尚送上厚礼，并用花言巧语欺骗怀王的宠姬郑袖，怀王竟然听信了郑袖的话，又把张仪给放了。这时屈原已被疏远，不再担任重要官职，刚被派到齐国出使。回来之后，他向怀王进谏说："大王您为什么不杀了张仪呢？"怀王感到很后悔，派人去追赶，但已经来不及了。

公元前 278 年，秦国大将白起攻陷了楚国都城郢都，人民四处逃散。当屈原听到这个噩耗，不禁老泪纵横、悲痛欲绝，可是被流放的他又有什么办法啊！他怀着落魄愤恨的心情，拖着沉重的步伐，走在汨罗江旁，走着走着他碰到了一个渔父，渔父问他说："你不是楚国的三闾大夫吗，为什么会在这里呢？"

屈原回答这个渔父说："举世皆浊，惟我独清；众人皆醉，惟我独醒。所以我才会遭受到放逐啊。"渔父说："凡是能够成为圣人的人，必不会墨守成规，而能顺应时俗，既然举世皆浊了，为何你不随其流而扬其波呢？众人既然已经醉了，那么你为何不多喝几杯，何必要与众人不同而遭放逐呢？"

听到这里，屈原生气地说："我听说刚洗过头的人，必定会弹去帽上的灰尘；刚洗过澡的人，一定会将衣服的灰尘抖干净。一个正直的人，怎能将洁净的身子，委屈于污秽不堪的世界呢？"说完，他愤然离去，以身殉了自己的政治理想。

志在中华腾飞

辛亥革命推翻了中国延续两千多年的君主专制制度，在中国历史和 20 世纪世界历史上竖起了一块雄伟的里程碑。里程碑上镌刻着一个不朽的英名——孙中山。

广东香山县（今中山市）翠亨村的乡民都记得，他 1866 年 11 月 12 日出生在本村一个贫苦农民的家庭。他小时名叫帝象，长大后取名文，字德明，号日新。"逸仙"是他学生时代改的号（"日新"的粤语谐音）。

中学时，他的床铺帐顶内，总是别着中国与世界地图。他每夜对着地图沉思，心潮随世事风云起落，同学们都叫他"通天晓"。

1894 年，他写下了 8000 多字的《上李鸿章书》，主张采用先进科学技术发展工农商业，改革教育制度，以使"人能尽其才，地能尽其利，物能尽其用，货能畅其流"。他满腔的热情遭到拒绝，遂赴檀香山，创立兴中会，决心进行民主革命。在"振兴中华"的旗帜下，他团结了数千人。1905 年，他组织成立中国同盟会，把"驱除鞑虏，恢复中华，创立民国，平均地权"作为革命纲领。

1911 年武昌起义成功后，他被选为临时大总统。一天，他出席一个重要会议，被门口的卫兵拦住："今天孙大总统来，别人不让进去！"他微笑着说："孙大总统不也是一个普通的人吗？"卫兵不耐烦地说："你得赶快离开！"当卫兵看到他的名片后，不禁热泪盈眶。

又有一天，一位八旬老人见孙中山时行三跪九叩礼，孙中山忙将他扶起："我是为全体国民服务的，不要这样！"老人感慨万千："我总算见到民主了！"

为了中华腾飞，他写了《建国方略》，被称为近代中国谋求现代化的第一份蓝图。

立志造汽车的福特

忧劳可以兴国，逸豫可以亡身。

——《新五代史·伶官传序》

"汽车大王"福特在很小的时候就对机械产生了兴趣，因为父亲不支持他的爱好，他多次与父亲因意见不统一而发生争执，但父亲的意见根本就改变不了福特的意志。福特对机械的兴趣不但没有减弱，反而更加浓厚了。后来随着年龄的增长，福特把投身于机械业当作了他人生的志向。

福特知道要想在机械制造上有所作为必须有足够的专业知识做后盾，而他要做的就是去接触它，在实践过程中学习知识。于是，福特就到了当时机械制造业繁盛的底特律给人打工。

3年后，福特学到了知识。充分分析自己的能力后，他最终决定放弃外面的工作，要用实际行动做一番自己所热爱的事业。

于是他回到家开了一家小工厂。在这期间，福特制造了一些小机械，以帮助父亲的农场完成某些人力所不能及的工作。这些小成功使福特的信心备受鼓舞，他决心更好更快地向自己设定的目标奋进。

1893年，查尔斯·杜耶在芝加哥世博会上展出了以汽油作动力的车子。当时，福特参加了这次展览会，在会上，他看着新式车子，触动很大，决心自己制造一辆更好的汽车。但福特首先遇到的是电点火的问题。由于知识不足，他决定再次去底特律的爱迪生电力照明公司学习电学原理，也由此和父亲再次发生冲突。但福特的目标是单纯的、明确的，而且他实现目标的决心也是不可动摇的。

在爱迪生电力照明公司工作期间，他一边学习，一边充分利用业余时间来实现自己的目标——制造一辆汽车。经过无数次的失败和实验，福特制造的第一辆汽车终于在1896年6月面世了。车虽然很简陋，但这次成功再次鼓励了福特。他坚信：只要努力向自己的目标奋进，就一定会成功！

组装汽车成功是好事，但却使福特面临着两难的选择：爱迪生电力照明公司要以每月500元薪金和可分红利的条件聘他去做生产部门的总监，但附带条件是要专业专职，不得再分心研究汽车。而底特律汽车公司的董事长要请他去当工程师，但月薪只有200元。面临两种选择，福特认真地评估了自己，对自己热爱的事业和高薪两个方面做了全面细致的分析，最终决定选择自己当初选定的目标——汽车事业。

在与这家汽车公司合作期间，福特并没有放弃向更高目标发展。他知道自己不只是要制造一辆汽车，而是要制造性能优良的有特色的汽车。为此，他付出了巨大的努力。

终于，在1901年密歇根举行的汽车大赛上，福特将自己用近一年时间设计的26匹马力的赛车开上赛场，并以优异的成绩击败了上届赛车冠军温登，荣登冠军宝座。

由于赛车胜利，福特的名字一夜之间响遍美国。1903年，在各方的帮助和福特的努力下，一个给世界汽车行业带来巨大影响的福特汽车公司诞生了。

人当志在学业

> 天下之事常成于困约，而败于奢靡。
>
> ——陆游

东汉时，有个叫乐羊子的人，年轻的时候不爱学习，而他的妻子却是个很识大理的女子。

有一天，乐羊子在回家的路上捡到一块黄金，高高兴兴地回去交给了妻子。不料，他的妻子把黄金放在一边，责备他说："我听人说有志向的人不会喝那盗泉的水，廉洁的人不会吃别人怜悯所给的食物，更何况是捡到别人的黄金，贪财求利来玷污自己的品行呢？"乐羊子听了妻子的话，十分惭愧，他连忙把那块金子放回原来的地方，就告别妻子到远方求师访学去了。

很快一年过去了。乐羊子十分想念妻子，就回到了家里。妻子

惊异地询问原因。乐羊子不好意思地说："我久离家乡，很是想念亲人，还有其他情况，想回家看看。"妻子听了很生气，顺手拿起身边的一把剪子，走到织布机旁把她没有织完的绸子剪断了，并对乐羊子说："这绸是由蚕丝织成的。一根丝虽然很细，但一根一根地织上去，就会织成丈，积成匹。现在我把它从中间剪断，等于前功尽弃，即使我再想接着织，也要耽误好长的时间。求学也是这个道理呀！你在外面跟着老师求学，每天都应当学会一些原来不懂的新知识，培养美好的情操。如果你半途而废，和我剪断这织绸有什么两样呢？"

乐羊子听了妻子的话，很受感动和启发，又告别了亲人，回到老师那里勤奋学习去了。这一去他整整 7 年没有回过家，终于成为一位道德高尚、学识渊博的人。

干一番宏伟的事业

> 若要功夫深，铁杵磨成针。
>
> ——祝穆

肖邦出生于一个教师家庭。幼年的良好教育，使这个"神童"6 岁即会写诗，7 岁作曲，8 岁登台举行音乐会，被誉为"莫扎特的继承者"。他少年时便立志做一个大音乐家，写下了"干一番宏伟的事业，做一些任何人还不能做到的事"的话语。在华沙贵族的沙龙和舞厅里，他很喜欢那些庄重和欢乐的波兰舞曲，并致力于改变这种舞曲的形式。

1824年的暑假，遵照医嘱，父亲送肖邦去乡下养病。没想到，就是这平凡的玛佐夫舍村，为他新的创作灵感开凿了源泉。在那里，他完成了他最偏爱的，以波兰民间音乐悦耳的音调变化为基础的《玛祖卡舞曲》。

有一天，街上走过一列列被押送的囚犯队伍，他们都是反对君主政权的志士。为了用音乐来歌颂他们的精神，肖邦饱尝了创作的艰辛和喜悦。他曾撕碎过写就的纸片，折断过笔，也曾失望和恼怒地流过血。1831年，他到达斯图加特时，得知华沙已被俄军占领，悲痛之余，写下了著名的《革命练习曲》。

在法国的头几年，肖邦的作品已在欧洲凯旋进军，博得了人们的高度尊重。法国音乐评论家舒曼曾激动地说："脱帽吧，先生们！这就是天才！"

1848年2月，肖邦带病举行最后一次音乐会。这次独奏音乐会，他是被人用轿子抬进演员室的。那天晚上，他好像无一点劳累的样子，演奏得扣人心弦。演出结束后，他像醉汉一样摇摇晃晃地走下舞台。

肖邦深知沙俄统治下的波兰当局，是不会允许把他的遗体运回华沙的。临终前他向姐姐请求道："至少把我的心脏带回去。"亲人和朋友们埋葬了肖邦，并把伴随他后半生的那抔故乡的泥土撒在墓中。

不可无傲骨

　　1895 年 7 月 19 日深夜，徐悲鸿诞生于江苏省宜兴县屺亭桥镇。他的祖父砚耕公曾参加过太平天国运动，父亲徐达章自幼喜爱绘画，但因家贫，请不起老师，依靠刻苦自学成为当地知名的一位画师。

　　徐悲鸿从小就喜欢画画。后因父亲病逝，为全家生计所迫，不得不离乡去上海寻求半工半读的机会。临行前，宜兴女子师范学校国文教师张祖芬先生殷勤送别，勉励他说："你年轻聪敏，又刻苦努力，前途未可限量，我希望你记住两句话：人不可有傲气，但不能无傲骨。我没有什么东西可以送你，就送你这两句嘉言吧！"从那时起，徐悲鸿终身铭记这两句临别赠言，并将它作为自己的座右铭。

　　1927 年，徐悲鸿从巴黎回国。这时的徐悲鸿已是国内外享有盛名的画家，许多人包括国民党高级官员都渴望得到徐悲鸿的画。可是，徐悲鸿不愿为权贵们画画，即使摆好宴席，请他去画他也不去。

　　有一回，国民党政府的文化委员会主任张道藩登门拜访徐悲鸿，请他为蒋介石画一张标准半身像。张道藩说了很多好话，可是被徐悲鸿断然拒绝了："我是画家，对你们委员长丝毫没有兴趣，你还是另请高明吧！"张道藩非常吃惊地说："给委员长画像你没兴趣，你对什么有兴趣？"徐悲鸿冷冷地笑了笑说："我对抗日救国感兴趣，我对人民大众感兴趣。"张道藩说："这么说你肯定不给蒋委员长画像了?!"徐悲鸿说："是的，是这样。"张道藩急了："徐先生，你是才华横溢的大艺术家，我奉劝你还是不要做这样愚蠢的事，免得你以后悔恨。"徐悲鸿侧视了张道藩一眼，说："悔恨?!我只能感到自豪！因为你的座右铭是升官发财，金钱美女。而我的座右铭是：人不可有傲气，但不能无傲骨！"

第二章

在逆境中抬头

在困境中成才

> 若不好到至极，就不算伟大。
>
> ——威廉·莎士比亚

　　古时候人们把急性传染病叫作"天行"，认为是天降下的灾祸，是鬼神在作怪。东晋时期的医学家葛洪却敢于破除迷信，说急病是中了外界的"病气"，不是什么鬼神引起的。这在当时是很了不起的一个见解。

　　葛洪从小就喜欢阅读有关医学、保健及炼丹制药方面的书，但他家庭经济很困难，在他很小的时候父亲就去世了。他买不起书就到处借书读；没有纸和笔，他就到山上去砍柴，用卖柴的钱买纸笔。由于他认真读书，刻苦钻研，终于成了一个饱学的名儒，创造了许多个科学方面的"第一"。如他第一个对不治之症"疯狗病"采取了预防措施，减少了此病的发病率和死亡率，称得上是免疫学的先驱；第一个记载了天花和恙虫病（即沙虱），比外国人要早好几百年；第一个认识并记录了结核病，指出这种病会互相传染，染病的人身体消瘦，怕冷发烧，时间长了会丧命。

　　葛洪还是一个著名的炼丹家，他的炼丹方法包含着许多原始化学的思想，其实是化学实验。他把炼丹看作是一门学问，把炼丹过程中矿物发生的变化等记录下来，写了一本叫《抱朴子》的著作。

在炼丹中，他发现了化学反应的可逆性；观察到了金属的置换反应；他对许多矿物的性质和用途都十分了解，提出了不少制药的原料和方法，发现了许多新的药物。在我国漫长的化学史上，葛洪以他巨大的贡献当之无愧地占有一席之地。

有一年，广东一带流行一种奇怪的病。病人都发高烧，胳膊、腿又红又肿，十人中有九个好不了。人们不知道这是什么病，以为是鬼在作怪，称它为"鬼气病"。

葛洪听说后，专程赶到广东，决心治治这个"鬼"。他白天背着药箱，走乡串户去访问病人，晚上住在旅店，在灯下研究病例。有一天早上，葛洪迟迟没有起来，旅店老板进去一看，发现葛洪也患上了这种病。老板咕咕哝哝地说："'鬼气病'是鬼闹的，凡人哪治得了，这不，自己也闹上了！"

几天后，葛洪病好了。他兴奋地对店老板说："我捉住鬼了！"店老板不大相信。葛洪说："明天你看我如何捉鬼吧。"

第二天，葛洪找来几个病人，让他们在院子里看自己练气功。练了一会儿，他撩起衣袖，对大伙说："看看，鬼就在这里。"大家瞪大眼睛看去，只见葛洪的手臂微微发红，渗出点点汗水，没见有什么异常。"你们走近了，仔细看！"葛洪对大家说。大家又围着他更仔细地看。这一回大家可看清了，他们看见葛洪的胳膊上有一些很小的像沙粒似的小虫子在爬，有的从皮肤里钻出来，有的朝皮肤里钻进去。大家都很吃惊。

"大家都看到了吧？这叫沙虱，它们会钻入人的皮肤。'鬼气病'就是它们闹的。"葛洪一边告诉大家，一边把治虫的药方拿了出来，让大家煎汤洗澡。没几天，病人们的病全都好了。

店老板问葛洪："你用什么法术捉住小虫子的？"葛洪笑笑说："我来到这里后就发现这是一种寄生虫病，但虫子在什么地方我不清楚。我患病后仔细观察才发现虫子躲在皮肤里，练气功时它们会跑出来。"就这样，葛洪为老百姓除了大害。

身处逆境的开普勒

> 输赢并不在乎外在的强弱——完全发挥你内在的特质才是重要。
>
> ——道格拉斯·马洛

开普勒是举世闻名的德国天文学家，他发现了行星运动三大定律，为牛顿发现万有引力定律打下了坚实基础。或许你以为整天跟星星打交道的人不说有一副火眼金睛，至少也得有一双明亮的眼睛吧？可是，你知道吗，开普勒是一个视力不健全、连星星都看不清楚的人。

开普勒是早产儿，先天不足，体质很孱弱。5 岁时，他得了一场天花，侥幸活了下来，谁知又患上了猩红热，整天高烧不退。因为家贫无钱治病，他只能熬到退烧，却发现视力已受到很大的损伤；下床走路时，又发现腿软得不能走路，从此成了跛子。

穷人家的孩子成了残疾，真可谓是雪上加霜。好在开普勒天资聪颖，智慧过人。在他的再三要求下，父亲送他到学校去上学。他的学习条件虽然比不上那些富家子弟，但他以勤奋刻苦弥补了自身的条件缺陷，成绩名列前茅。

16 岁那年，他考入杜宾根大学，学习数学、哲学、神学等。在热心宣传哥白尼学说的天文学教师马斯特林的影响下，他的兴趣转到了天文学上。他暗暗立下志向：自己虽然残疾，但绝不碌碌无为地度过一生，要像哥白尼那样为科学献身。

课余期间，他经常阅读天文学论著，观察天象。他的眼睛既近视，又散光，给他的研究带来了许多不便。但他迎难而上，顽强地坚持着。

大学毕业几年后，开普勒担任了大天文学家第谷的助手，开始了他天文学研究的辉煌时期。

每当开普勒仰望星空时，他都忍不住想：这星星的运行也跟地上的事物一样，定是有规律的；星星们也一定是在各自的轨道上运行，否则，杂乱无章的天体不就随时都可能碰撞了吗？为了找到这些规律，他奋斗了一辈子。

开始，他把宇宙想象成一个几何结构模型。后来经过计算、分析，他发现这种模型不能解释实际的观测数据。他接受第谷对天文学研究"一定要尊重观测事实"的告诫，对自己提了两个研究问题：一是如何从观测资料中确定行星运行轨道的精确形状；二是这些行星运动遵循什么规律。

他先把精力用在火星上。他最先认为火星的轨道是圆形的，在这个概念下，他做了 70 多次冗繁的计算，设计了火星运行的轨道。这个轨道的火星位置同第谷的观测数据相差 0.133 度。为什么有偏差呢？是观测数据错误？还是计算错误？好像都不是。开普勒苦思冥想，忽然悟到"火星的轨道是椭圆的，太阳位于椭圆的一个焦点上"。在这个假设下，计算结果正好与观测到的星象资料相吻合。椭圆定律以后被称作"开普勒第一定律"。

运行轨道搞清楚后，开普勒开始编制火星运行表。通过进一步的观察，他发现火星离太阳近时运动得快，反之则慢。由此他又发现了"开普勒第二定律"：行星绕太阳运动时，在相同时间间隔内，太阳与行星的连线扫过的面积相同。

开普勒紧接着探索起行星的运转周期和它们与太阳之间的距离关系。整整 10 年，他埋头工作，进行了无数次的计算，经历了无数次的失败，终于又发现了"开普勒第三定律"：行星绕太阳运行周期的平方和它们轨道椭圆半长轴的立方成正比。

在辉煌的科学成果背后，这位科学老人一生都处在逆境中，但他却成了一位"创造天空法律的人"，因为他虽处逆境却在奋斗。

失败催人苦读

> 在寒冷中颤抖过的人倍觉太阳的温暖，经历过各种人生烦恼的人，才懂得生命的珍贵。
>
> ——怀特曼

战国时，有一个叫苏秦的人，他从小就在贫困的环境中成长，有时连饭都吃不上，更别说读书这种高尚的事情了，那简直是太奢侈了。苏秦家里以务农为生，他早年到齐国求学，跟鬼谷子学纵横之术。

一段时间之后，苏秦自认为已经学业有成，便迫不及待地告别师友，游历天下，以谋取功名利禄。一年后他不仅一无所获，盘缠也用完了。没办法再撑下去，于是他穿着破衣草鞋踏上了回家之路。

到家时，苏秦已骨瘦如柴，全身破烂肮脏不堪，满脸尘土，与乞儿无异。

妻子见他这个样子，摇头叹息，继续织布；嫂子见他这副样子，扭头就走，不愿做饭；父母、兄弟、妹妹不但不理他，还暗自讥笑他说："按我们周人的传统，应该是安分于自己的产业，努力从事工商，以赚取2/10的利润。现在却好，放弃这种本应从事的事业，去卖弄口舌，落得如此下场，真是活该！"

苏秦听闻后觉得无地自容，颜面尽失，心里好生后悔。他关起房门，不愿见人，对自己作了深刻的反省："妻子不理丈夫，嫂子不认小叔子，父母不认儿子，都是因为我不争气，学业未成而急于求成啊！"

他认识到了自己的不足，重振精神，搬出所有的书籍，发愤再读，他想道："一个读书人，既然已经决心埋首读书，却不能凭这些学问来取得尊贵的地位，那么书读得再多，又有什么用呢？"于是，他从这些书中捡出一本《阴符经》，用心钻研。

他每天研读至深夜，潜心修学。他要让自己不断进取，以取得功名。有时候，他不知不觉伏在书案上就睡着了。每次醒来，他都懊悔不已，痛骂自己无用，但又没什么办法能让自己不睡。有一天，他读着读着实在倦困难当，不由自主地扑倒在书案上，但他猛然惊醒——手臂被什么东西刺了一下。一看是书案上放着一把锥子，因此他想出了一个不打瞌睡的办法——锥刺股。以后每当打瞌睡时，他就用锥子扎自己的大腿一下，让自己猛然"痛醒"，保持苦读状态。他的大腿因此常常是鲜血淋淋，目不忍睹。

家人见状，心有不忍，劝他说："你一定要成功的决心和心情可以理解，但不一定非要这样自虐啊！"

苏秦回答说："不这样，我会忘记过去的耻辱；唯有如此，才能催我苦读！"

经过血淋淋的一年"痛"读，苏秦很有心得，终于悟出了揣摩君主心思的方法。这时，他充满自信地说："这下我可以说服许多

坚持不懈
——在逆境中抬头的力量

32

国君了！"

苏秦在经受了常人不可忍受的痛苦后，终于学有所成，成为六国的宰相。

寒门出身的范仲淹

> 痛苦才是人生的原貌，我们人类最后的喜悦，就是回忆过去所经历的痛苦经验。
>
> ——阿尔夫雷德

以"先天下之忧而忧，后天下之乐而乐"而名垂青史的范仲淹，无论是文治武功，还是道德文章，称之为封建士大夫中的"第一流人物"，应是当之无愧的。

范仲淹幼时家贫，每日三餐不继，只好到长白山寺庙里去读书。他每天用粥器煲粥，冷凝后划为四块，早晚各吃两块，这就是"断齑画粥"的故事。范仲淹从小发愤攻读，"昼夜不息，冬月惫甚，以水沃面"，遂功成名就。他27岁中进士，历官至枢密副使、参知政事。地位虽然变了，但他却始终自奉俭约，以致身死之日，"身无以为殓，子无以为丧"。

范仲淹一生薄以待己，厚以待人。他为广德军司理参军任满离职时，"贫止一马，鬻马徒步而归"。后来，经略边防有功，朝廷赏赐金银甚多，他却全部用来分赠将佐。晚年，子弟打算在洛阳为他修建一住宅，作为致仕后养老之用，他却极力反对，对子弟们说："人苟有道义之乐，形骸可外，况居室乎!"平时，"非宾客不重肉，妻子衣食，仅能自充"。

范仲淹晚年自请罢相后，在61岁那年做了杭州知州。这时，他用自己所积蓄的俸禄，在苏州近郊买了千亩良田，名曰"义田"，建义庄，用义田的收入专门养济族中穷人，使之"日有食，岁有衣，嫁娶凶丧皆有赡"。

宋仁宗天圣年间，在范仲淹的故乡苏州，一位风水先生曾向他建议，街南头为龙头，街北头为龙尾。卜居街南，子孙可世代科甲不断。范仲淹却说："一家贵，孰若吴士咸贵乎?"于是就在街南头建孔庙，设府学，聘请名儒胡瑗来此讲学，为地方培养人才。

"云水苍苍，江水泱泱；先生之风，山高水长。"以歌严光之歌而歌范仲淹，则更为合适。

赤手空拳创业的女人

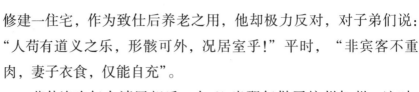

世间的任何事物，追求时候的兴致总要比享用时候的兴致浓烈。

——莎士比亚

1900年，董竹君诞生于上海洋泾浜畔的一个贫民窟里，她的父亲是黄包车夫，母亲是个洗衣妇，家里一贫如洗。在她十二三岁时，迫于生计和给父亲治病，她被迫沦为青楼卖唱女。在青楼里，董竹君认识了革命党人夏之时，并与他秘密结婚。婚后董竹君赴日本留学。在日本，董竹君如饥似渴地学习知识和文化。4年后，她随着夏之时回到成都，成了显赫一时的四川省都督夫人。

当时的四川是个封建意识很浓厚的地方，她连生几个女儿，被人看不起。长女出麻疹时，她腾出一间房子，进行消毒后放两张床，日夜看护40多日，直到女儿完全康复。丈夫对此很不高兴，认为她不该为了一个女孩的病而对其他事情全然不顾。

四川夏氏封建大家庭的封闭与落后，使刚刚开始新生活、年轻的董竹君感到窒息。她极力劝说夏之时离开这里，夏之时却因为仕途上的失意已彻底消沉，终日沉湎于鸦片与麻将之中。本来，在度过了最初的爱情蜜月后，其实在日本一起生活时，夏之时的思想蜕变与专横跋扈就已使个性倔强的董竹君越来越无法忍受。而此刻，眼看着自己与几个心爱的孩子都将要在这个死墓中陪葬，经过无数次苦口婆心的劝说无效之后，29岁的董竹君毅然与丈夫离婚，放弃了华贵、富裕、悠闲的生活，带着4个女儿离开了四川。

她初到上海时生活很苦，住在一间三层楼小屋内，但她带着女儿每天把房间擦洗得干干净净，连楼梯过道也不放过。这把房东乐得合不拢嘴，搬家时还对她们恋恋不舍。她的女儿们也因此养成了注重清洁卫生的习惯。她从四川毅然离家出走的主要原因就是为了女儿的教育。丈夫认为：女孩子无需多读书，她却认为必须让她们接受高等教育。为了实现这个目标，她带着女儿独闯上海滩，即使穷困地靠典卖衣物度日，仍不动摇决心。这颗珍贵崇高的母亲心，真让人感动。

董竹君在上海东借西凑，又到菲律宾去招工，办起了一家纱管厂，但却在"一·二八"事件中被日本人炸毁。厂务繁忙，不得已，她只好把女儿送到苏州一家教会学校的附小寄读。她知道教会学校教学比较严格，但又怕孩子们受帝国主义思想毒害，所以紧紧抓住了放"风筝"的线。每逢周末、假期，她就给她们讲人生和爱国的道理，找些进步文艺读物给她们看，要她们学做家务、热爱劳动，培养她们善良热诚、助人为乐、先人后己、大公无私的高尚品德，还让她们多接近大自然，养成胸怀开朗和爱美的兴趣习性。追求真善美，是董竹君教育儿女的中心内容。

坚持不懈
——在逆境中抬头的力量

1931 年 7 月的一天，鲁迅先生在环龙路一所暑期学校演讲，题目是《上海文艺之一瞥》，她就带了 4 个女儿去听。明知她们都听不懂，特别是后面两个小学生，但为了让她们在进步思想的氛围中受到熏陶，还是让她们坐在最后一排乖乖地听着。回来的路上孩子们不断地问七问八，做母亲的心里特别高兴。

有一次，她带女儿去观看苏联电影，当见到破衣烂衫的船夫们驼着背、弯着腰、低着头，肩负手拉一根粗绳，拖着大船沿着河边艰难行走，嘴里哼着凄婉悲壮的船夫曲时，母女俩都深受感动，禁不住学着哼唱起来。

后来，这个女儿成了一名音乐家。

她也特别注意培养孩子们坚强的意志和勇敢的精神。有一次，她让只有 12 岁的女儿从上海乘火车去南京，送一笔钱接济一位亲戚。但当孩子到达南京下关时，城门已经关闭，这个女儿不敢乱花钱，就在城门脚下睡了一晚。女儿回来告诉董竹君这番经历时，她既心疼又高兴。她对女儿的教育是费尽心机的，她常说孩子是洁白无邪的，决不能让"风筝"断线，迷失了方向。女儿在外地读书，她书信不断。一次次教育她们：为人做事要有责任感，要光明正直；处理事情要全面分析研究，不要主观，切忌任性……

她任锦江饭店老板时，决不让孩子们随便走进店里。她自己要会见朋友，除非是进步人士，其他三教九流的人一概不让到家里来，只在锦江会晤。目的只有一个，就是防止孩子们沾染十里洋场的社会恶习，真可谓用心良苦。董竹君一生坎坷，在开设锦江饭店前，她曾因宣传抗日被抓去坐过牢，保释后又到杭州避难。大女儿除了照顾妹妹，还要探监送饭，奔波在好几家人家教钢琴，以所挣的钱来维持一家生活。所以董竹君总是说："要感谢我的大女儿，为家庭作出了重大牺牲。"

这一切，当然与董竹君这位母亲平时的教育分不开。

董竹君还是一位严格的母亲，对孩子从不溺爱，弄坏了东西，做错了事情，只要认错就不追究。但如果说谎撒赖，那就会不客气。她常对孩子们说："你们之中若有一个不听我教导，走上错误道路，我决不饶恕！"她把严父和慈母的双重责任，都担在自己肩上了。她的心血没白费，5个儿女个个成材，也个个敬重母亲。她在教育儿女方面还有一个特点：一视同仁，决不偏心。常有熟悉的朋友问她："你最喜欢哪个女儿？"她回答："谁有困难，就同情谁、帮助谁。"这句话言简意赅，说明了一个母亲的宽广胸怀。她的女儿们常说："感谢母亲把我们带离一个封建家庭，使我们有了崭新的人生"。

在上海滩，一个赤手空拳闯荡创业的女人……历经无数难以想象的艰苦，闯过无数难以逾越的难关。她一面周旋于上海警备司令杨虎、杜月笙、黄金荣等权贵之间，同时又追随革命和进步，秘密帮助、掩护共产党人进行地下革命工作。

1951年，她把锦江饭店无偿献给了国家。

穷途末路的时候

1946年的秋天，26岁的汪曾祺只身来到上海，打算单枪匹马闯天下。在一间简陋的旅馆住下后，他就开始四处找工作。工作显然不好找，他每天在胳肢窝里夹本外国小说上街。走累了，他就找条石凳，点燃一支烟，有滋有味地吸着，同时，打开夹了一路的书，细心阅读起来。有时书读得上瘾了，干脆把找工作的事抛到一边，一颗心彻底跳入文字里沐浴。

日子越拖越久，兜里的钱越来越少；能找的熟人都找了，能尝试的路子也都尝试了。终于，有一天下午，一股海浪般的狂躁顷刻间吞噬了他！他一反往日的温文尔雅，像一头暴怒不已的狮子，拼命地吼叫。他摔碎了旅馆里的茶壶、茶杯，烧毁了写了一半的手稿和书，然后给远在北京的沈从文先生写了一封诀别信。信寄出后，他拎着一瓶老酒来到大街上。他边迷迷糊糊地喝酒，边思考一种最佳的自杀方式。他一口口对着嘴巴猛灌烧酒，内心涌动着生不逢时的苍凉……晚上，几个相熟的朋友找到他时，他已趴到街侧一隅醉昏了……

很快汪曾祺就收到了沈先生的回信。沈先生在信中把他臭骂了一顿，沈先生说："为了一时的困难，就这样哭哭啼啼地，甚至想到要自杀，真是没出息！你手里有一支笔，怕什么！"

沈先生在信中谈了他初来北京时的遭遇。那时沈先生才刚刚20岁，在北京举目无亲，连标点符号都不会用，就梦想着用一支笔闯天下。但只读过小学的沈先生最终成功了，成为国内外享有盛誉的大作家。读着沈先生的信，回味着沈先生的往事和话语，汪曾祺先是如遭棒喝，后来一个人偷偷地乐了。

不久，在沈先生的推荐下，《文艺复兴》杂志发表了汪曾祺的两篇小说。后来，汪曾祺进了上海一家民办学校，当上了一名中学教师，再后来，他也和沈先生一样，成了国内外享有盛誉的作家。

逃跑的童养媳

> 胜利者知道无快捷方式可达到高峰，他们一步一步地爬上山去，直升机对他们毫无用处。
>
> ——艾德勒

黄道婆是我国古代一个平凡而伟大的历史人物，是宋元时期著名的棉纺织家、技术改革家。她对我国的棉纺织技术改革和传播作出了重要贡献。

黄道婆出身很苦，很小的时候就被卖给人家当童养媳，小小年纪每天得承担许多繁重的劳动，白天下地干活，晚上纺纱织布，还经常遭受公婆和丈夫的虐待。

有一天，她劳累了一天回家烧饭，动作稍微慢了些，又遭到了一顿毒打。她不愿再忍受折磨，偷偷地逃跑了，逃到了海南岛的崖州。

崖州是黎族聚居的地方。淳朴善良的黎族人民十分同情黄道婆，请她留下来共同生活，还把他们比较先进的纺织技术教给她，让她纺纱织布度日子。黄道婆把黎族和家乡的纺织技术结合起来，在辛勤的劳动中改革纺织方法。慢慢地黄道婆成了一名出色的纺织能手。

虽然黄道婆的婆家对她很不好，但黄道婆对自己的家乡却非常想念。在崖州生活三十多年以后，她带着黎族的纺织用具回到了故乡。家乡的乡亲们对她带回的新式纺织机和织出的细布很感兴趣，黄道婆就耐心地教他们。她一边教一边改革家乡落后的棉纺织工具，在轧子、弹花、纺纱、织布四个方面对棉纺织工艺进行了系统的改革，使江南一带的纺织业得到很大发展，产品驰名全国。

黄道婆去世后，家乡人民为她建了一座祠堂，以表示对她的感谢和怀念。

坚持不懈
——在逆境中抬头的力量

贫民窟走出的大师

> 笑声有如音乐，在可以耳闻笑声的地方，人生的各种灾祸都遁逃无踪。
>
> ——杉达思

1889 年 4 月 16 日，查尔斯·斯宾塞·卓别林诞生于英国伦敦的一个贫民区。卓别林的父母都是杂剧场的喜剧演员。卓别林出生一年后，他的父母便离了婚。此后，他和哥哥同母亲生活在一起。

小卓别林长得聪明伶俐，非常喜欢唱歌跳舞。母亲每次演出都要把他带到剧院，让他站在舞台幕后观看演出。一天，他的母亲正在台上演唱时，嗓子忽然哑了，唱不出声来。不幸的是，她再也没能恢复，不久，她便失业了。

自从母亲失业后，家境越来越贫困，他们一再搬迁，最后，他们不得不住进了贫民收容所。三周后，兄弟俩又被送入汉威尔贫民孤儿院，此后，母子三人更是难得一聚。

由于父亲的原因，不满 10 岁的卓别林参加了兰开夏童伶舞蹈班。在这里，卓别林不仅学习了舞蹈，还想方设法学了一些其他的技艺。后来，母亲不忍心看着卓别林日益消瘦下去，就让他离开了那里。

为了挣钱养家糊口，卓别林做过报童、佣人，干过吹玻璃工、印刷工，他甚至跟人学会了制作玩具船，并沿街叫卖。

卓别林一心向往当一名演员，并积极为此寻找机会。终于，他在一个巡回剧团找到了工作，成了一名演员，这是他人生旅途上的一个重要转折点。长久以来的梦想终于变成了现实。从此，他跟随剧团过着漂泊无定、闯荡江湖的生活。

后来，他又在一个叫凯西的马戏团里做事。由于对所刻画人物的深刻理解与表演技巧的日益成熟，他很快赢得了老板与观众的认同。在剧团工作期间，他刻苦训练、精益求精，不断汲取古典幽默剧的优良传统，初步形成了一套独特的哑剧风格。虽然此时的卓别林经济状况大有好转，但他仍然过着俭朴的生活，滴酒不沾。他最大的嗜好就是读书，经常把自己置身于书籍的包围之中，广泛涉猎，如饥似渴，几乎是不加选择，所读的书包括叔本华、尼采、莎士比亚等人的著作，甚至连医学著作和政治论文也在其中。他急切地希望用知识武装自己。

1909 年，卓别林被卡尔诺剧团录用，从事哑剧表演。卓别林经常随团到各地演出，也有机会接触到更多的新鲜事物。

卓别林在纽约演出时，引起了好莱坞片商的注意。1913 年底，他和美国启斯东公司签订了一年的合同，正式成为该公司的主要演员。卓别林从此开始了他的银幕生涯。

卓别林在 1914 年一年内主演了 35 部短片，其中 21 部是他自编、自导的。他的流浪汉夏尔洛的形象赢得了观众的广泛认同。

很快，卓别林轰动全球，成了家喻户晓的大明星。夏尔洛也随之从一个小丑升华为一个有人格、有灵魂的银幕形象。

1914 年，第一次世界大战爆发。卓别林决心揭露、抨击残害人民的各种邪恶势力。他先后完成了社会讽刺片《安乐街》《移民》《狗的生涯》和《夏尔洛从军记》等影片。这些影片从不同角度揭露了战争给人们带来的灾难。他的影片以短小精悍、情趣丛生见长。

此后，富有正义感和社会责任感的卓别林通过多部影片大胆揭露了资本家、独裁者和军火商等剥削者的罪行。不久，他便因此在美国受到迫害。后来，他发表了一篇题为《我向好莱坞宣战》的文章，向全世界控诉他所遭遇的迫害。

1938年10月，卓别林写了一部剧本名叫《独裁者》，这是一部以讽刺和揭露希特勒为主题的电影剧本。

隔年电影要开拍了，派拉蒙电影公司以侵犯到著作权为由，来跟卓别林谈判，派拉蒙电影公司说："先生，你知道理查德·哈定·戴维斯曾经以'独裁者'为名，写过一出戏剧。所以说，'独裁者'这个名字，归派拉蒙公司所有。如果先生执意要用此名，那么就必须支付2.5万美元的转让费，否则就是侵犯著作权，必须诉诸法律。"

卓别林和派拉蒙几番谈判都没有达成共识，恼怒之情溢于言表，不过他灵机一动，当即在"独裁者"前面加上了一个"大"字。

幽默大师卓别林说："你们写的是一般的独裁者，而我写的是大独裁者，两者可说是风马牛不相及，所以根本不会有所谓的侵犯著作权的问题。"说完，卓别林即扬长而去，留下一脸错愕的派拉蒙老板。

这样幽默的大师，在碰到危险时的反应果真也和他人不一样。曾经有一次，卓别林被歹徒用枪指着头打劫。卓别林知道自己处于弱势，所以不做无谓抵抗，乖乖奉上钱包。不过他却心生一计，运用他幽默的表演技巧，制服了歹徒。

他要求抢匪说："这位大哥，这些钱不是我的，是我们老板的，现在这些钱被你抢走，我们老板一定会认为是我私吞了公款。不如这样好了，我和你打个商量，拜托你在我的帽子上打两枪，证明我遭打劫了。"

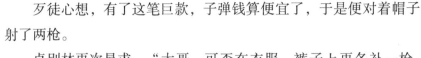

　　歹徒心想，有了这笔巨款，子弹钱算便宜了，于是便对着帽子射了两枪。

　　卓别林再次恳求："大哥，可否在衣服、裤子上再各补一枪，让我的老板更深信不疑。"

　　愣头愣脑、被钱冲昏头的抢匪，统统照做，把子弹全射光了。这时，卓别林一拳挥去，打昏了歹徒，赶紧取回钱包，笑嘻嘻地走了。

　　还有一次，卓别林在看电影，邻座的一个小偷趁机把手伸进他的口袋中，想偷他的皮包，不过被他给发现了。

　　小偷赶紧辩解说："哎呀！真对不起，我想掏手帕，却掏错了口袋。"

　　过了一会儿，卓别林重重的一个耳光打在小偷的脸上，随即说："唉，我想打死我脸上的蚊子，却打错了地方。"

　　1952 年，美国政府决定对在法国旅行的卓别林实行限制入境。随后，卓别林决定定居瑞士。

　　1954 年，在柏林召开的世界和平理事会宣布，鉴于卓别林"丰富多彩的活动、对和平事业及各国人民之间的友谊作出的特殊贡献"，决定颁发给他"国际和平奖金"。

坚持不懈
——在逆境中抬头的力量

耳聋的少年

1873 年的一天，俄国莫斯科广场上人流如海，人们在兴致勃勃地观看飞行表演。表演者托着帽子跟观众讨了钱后，坐在一个系在大气球下的柳条筐里，助手们解开系在木桩上的绳子，大气球飘然而起，乘风直上，载着柳条筐越飞越远。在欢呼雀跃的观众中间，有一个 16 岁的少年一动也不动，看呆了。气球飘远，人群散去，广场上冷清清的，少年这才想起自己还没找到住处呢！

这个少年的童年很不幸。9 岁那年，他得了一场猩红热，导致了耳聋的终身残疾。耳朵聋了，坚持正常上学很困难，虽然他顽强地想坚持，但还是因为无法听清老师讲什么而辍了学，由妈妈在家里教他认字。两年后，妈妈去世了，无人再教，他就在家自学。

耳朵失聪，使他变得性格孤僻，不愿参加小伙伴的喧闹游戏。但他天生有一双灵巧的手，他动手制作玩具，制作模型。有一次，他看见一台车床，想照样子做一台，大人们说他瞎闹。他虽然听不见，但他感觉出来了，心里憋了一口气，非做成不可。当他把车床做出来时，大人们这才无话可说。

他自学了测量学、物理学以后，能造的东西更多了。如用蒸汽推动的汽车、纸气球、风磨以及带翅膀的飞行器等，他都做过。在制作中，他学会了木工、钳工和其他的技能。当他摆弄他的作品时，村里的小伙伴常常围着他打转，有时他也给大伙儿表演。他的本领很快就传遍了村子。

少年耳聋志不减，在强烈的求知欲望驱使下，他只身来到莫斯科。这位少年就是大名鼎鼎的齐奥尔科夫斯基。

在莫斯科，齐奥尔科夫斯基举目无亲。好在他以勤奋刻苦赢得了契尔特夫图书馆馆员费多罗夫的喜爱，这位学识渊博的热心人给了他很大的帮助。在费多罗夫的指导下，齐奥尔科夫斯基用三年的时间学完了大学的课程。三年之中，齐奥尔科夫斯基除了看到书和费多罗夫，好像再没有看到过其他的人，他读书专心刻苦的程度几乎令人难以置信。他经常饿着肚子张开想象的翅膀，幻想着一定要发明一种可以飞到天空中去的金属飞行器。

1878 年夏天，21 岁的齐奥尔科夫斯基开始为发明一种升入大气层外的仪器进行认真的研究。要飞出大气层，就要克服地球的引力。自从有了人类，人们还从来没有挣脱过地心引力的束缚，而把自己的活动范围扩展到宇宙空间。要解决这个问题，没有前人的经验可作参考，齐奥尔科夫斯基只有自己独立钻研。当他终于完成金属飞艇的设计，写出《气球的理论与实践》的科学论文，并在莫斯科自然科学爱好者协会上作了介绍，准备把所有的资料模型都寄给有关方面时，一场大火无情地烧毁了他多年的心血结晶。为此，他大病了一场。

三年后，他把重新设计和研制的资料模型寄了出去。然而，等来的是一瓢凉水。沙皇政府没有重视他正确的设想和设计。齐奥尔科夫斯基转向了对飞机的研究。他设计的"鸟形飞机"完全合乎现代空气动力学的观点。但是，他制造先进飞机的理想在当时同样不

坚持不懈
——在逆境中抬头的力量

能实现。

　　一次次的冷遇，并没有使齐奥尔科夫斯基放弃对飞行科技的研究，他终于在火箭技术和星际航行方面作出了卓越的贡献，被后人称为"火箭之父"。

贫穷的书生

世界上最坚强的人就是独立的人。

——易卜生

　　宋濂（1310—1381 年），字景濂，元末明初著名的文学家、思想家、政治家。这个人很有学问，散文写得很生动。明太祖朱元璋起用他做翰林学士，当时朝廷的重要文章都是他写的，他编修过《二十四史》之一的《元史》，著有《宋学士全集》75 卷，在当时被人们誉为"开国文臣之首"。

　　宋濂幼年时家中很穷，但他想方设法地为自己创造学习条件，并先后找到了著名的理学家吴莱、柳贯、黄潜等人做他的老师。那么他是怎样学习的呢？还是让他自己来介绍吧。他说：

　　"我从小就特别爱学习、好钻研。那时候家里很穷，没钱买书，就只好到有书的人家里去借。借来以后，就抓紧时间亲笔抄写，以便按预约时间送还人家。

　　"有时天气特别冷，砚台里的墨汁都冻成了冰，手也冻得弯不

47

过来，但我还是赶着抄写，不敢有半点偷懒。抄写完了，总是赶快把书送还，绝对不敢稍稍错过还书的时间。

"因为我守信用，所以好多人家都肯把书借给我看，我也因此能够遍览群书了。

"成年后，我就更加羡慕学者们的成就和品德，想学到更多的东西，但苦于没有好的老师指导，也没有知名的朋友往来，互相研究。因此，只好赶到百里之外，去向有名望的老师请教……

"我向百里外的老师求教的时候，会背上书箱和行李，爬过高山，越过深谷。那天天气寒冷极了，又刮着大风，飘着大雪，脚下的积雪有好几尺深，脚上冻了老大的裂口也不知道疼痛。等赶到老师的家里，我已冻得四肢僵直，简直动弹不得了。老师的家人给端来热水烫洗，又给我蒙上被子，好长时间才算暖和过来。

"住不起学校，我便和一个穷店主一起吃住；一天只吃两顿饭，更谈不上有什么鱼、肉可吃。

"和我一起学习的人，都穿着绣花的绫罗绸缎，戴着镶嵌明珠珍宝的帽子，腰里系着白玉环，左边佩带着宝刀，右边备有香囊，打扮得光彩照人，就像神仙似的。而我却穿着旧衣破袍，夹杂在这些阔学生中间，但我从来没羡慕过这些人。因为我从知识中得到了极大乐趣，什么吃的不如人呀，穿的不如人呀，这些便根本不去理会了。"

农家孩子的成长

> 一寸光阴一寸金，寸金难买寸光阴。
>
> ——《增广贤文》

　　贾兰坡，1908 年 11 月 25 日生于河北省玉田县邢家坞村，是一个普通的农家孩子。他大胆、谨慎、谦虚、诚实、爱劳动，后来成了中外知名的古生物学家、地质学家、古人类学家、考古学家。

　　贾兰坡从小就对历史兴趣很浓，对自然科学也钟爱。由于家境贫寒，他中学毕业后就走上了自学之路。

　　1931 年春，他考取了中国地质调查所，当了一名练习生。不久，他跟随著名考古学家裴文中到周口店参加北京人遗址的发掘工作。在那里，他什么都做，从不厌烦，月薪才 25 元。后来，他先到北京大学学习地质学，后又到协和医院学习解剖学。那时，他身上带有很多骨头，他一走动，总是"哗啦、哗啦"地响。功夫不负有心人，他的学识突飞猛进。从 1935 年起，他就开始主持周口店的发掘工作。1937 年"七七事变"后，贾兰坡为了保护祖国科学财产，冒着风险，大胆谨慎地把珍贵的周口店北京人遗址的平面图和剖面图复制了下来，免遭失落。

　　从 20 世纪 30 年代起，贾兰坡就对"北京人"的地质分层、文化性质和生活环境诸方面，进行了深入的研究，写出了《中国猿人》《河套人》《山顶洞人》等300余种专著和论文。中华人民共和国建立后，他主持或指导了山西西侯度遗址、匼河遗址、丁村遗址、许家窑遗址和陕西蓝田遗址等重要遗址的发掘工作，从中发现了著名的"蓝田人"头骨、"丁村人"的牙齿化石和"许家窑人"化石。

和古人类化石、石器、古脊椎动物化石打了半个多世纪交道的贾兰坡，在晚年主编了《科普全书》中的《人类的黎明》，还主编了《中国大百科全书·考古学》中的"旧石器时代考古"部分的内容。

又聋又哑又盲的女童

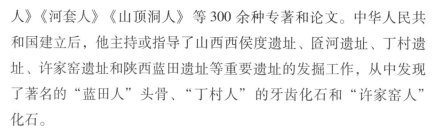

> 每个意念都是一场祈祷。
>
> ——詹姆士·雷德非

海伦·凯勒，1880年出生于美国亚拉巴马州北部一个叫塔斯喀姆比亚的城镇。在她1岁半的时候，一场重病夺去了她的视力和听力，接着，她又丧失了语言表达能力。

然而就在这黑暗而又寂寞的世界里，她竟然学会了读书和说话，并以优异的成绩毕业于美国拉德克利夫学院，成为一个学识渊博，掌握英、法、德、拉丁、希腊五种语言的著名作家和教育家。她走遍美国和世界各地，为盲人学校募集资金，把自己的一生献给了盲人福利和教育事业。她赢得了世界各国人民的赞扬，并得到许多国家政府的嘉奖。

一个聋盲人要脱离黑暗走向光明，最重要的是要学会认字读书。而从学会认字到学会阅读，得付出超乎常人的毅力。海伦是靠手指来观察老师莎莉文小姐的嘴唇，用触觉来领会她喉咙的颤动、嘴的运动和面部表情，而这往往是不准确的。她为了使自己能够发好一个词或句子的音，要反复地练习，她从不在失败面前屈服。

从海伦7岁受教育，到考入拉德克利夫学院的十多年间，她给亲人、朋友和同学写了大量的信，这些书信，或者描绘旅途所见所闻，或者倾诉自己的情怀，有的则是复述刚刚听说的一个故事，内容十分丰富。

在大学学习时，许多教材都没有盲文本，要靠别人把书的内容拼写在她手上，因此她预习功课的时间要比别的同学多得多。当别的同学在外面嬉戏、唱歌的时候，她却在努力备课。

1968年6月1日，88岁高龄的海伦走完了她传奇般的一生。因为她坚强的意志和卓越的贡献感动了全世界，各地人民都开展了纪念活动。有人曾如此评价她："海伦·凯勒是人类的骄傲，是我们学习的榜样。"

永远向前行

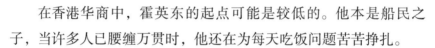

少壮不努力，老大徒悲伤。

——《长歌行》

在香港华商中，霍英东的起点可能是较低的。他本是船民之子，当许多人已腰缠万贯时，他还在为每天吃饭问题苦苦挣扎。

他上中三时，日本侵华，时局动荡，他辍学加入了苦力行业，从事了各种不同的苦力工作。虽然他表现不错，但无奈收入太微薄，看着出头无望，便自动辞职了。

日本投降后，人们的生活渐渐趋于稳定，各行各业也渐次走上了发展轨道。霍母以其生意人的眼光，看准了运输业务急剧发展的前景，便放弃了杂货店经营，把股权卖了 8000 元，租下了海边的一块地皮，再次经营起驳运生意。

霍英东替母亲管账，代她去收佣金，工作十分勤奋。母亲虽然精明稳健，是一家之主，但仅以小生意为满足。霍英东却不然，他不满足于现状，一心想做成一番大事业，在这方面正好可以弥补母亲的不足。他领悟到这样下去很难有太大的发展，便开始留心观察，等待机会。

1948 年，霍英东得知日本商人以高价收购可制胃药的海草。他知道这种海草生在海底，而且是在太平洋柏拉斯岛周围才有。于是他马上买来一艘 61 英尺长的摩托艇，并联络到 10 多个想赚钱的渔民，一同驶向柏拉斯岛。

他的判断没错，但海草全部卖完结算时，他们在海上含辛茹苦 6 个月的所得竟然只够开销，等于一无所获。

1950 年，朝鲜战争爆发。从这年 10 月起，中国数十万志愿军从丹东、集安相继跨过鸭绿江奔赴朝鲜，打响了历时三年的抗美援朝战争。战争意味着破坏，也意味着巨大的伤亡，是拼储备、拼资源的重大武装冲突，但对于商家来说，却意味着商机。

朝鲜战争使当时的香港成了中国的对外物资中转港，大量的军用物资堆积在码头上，在这里处理的剩余物资也无法估计。出生于驳船世家的霍英东自知这个机会的宝贵，迅速紧紧抓住，在香港展开了驳运经营。

由于牢牢抓住了机会，生意进展得十分顺利，他的拖船也很快由 1 条、2 条变成了 10 条、数十条，成倍增加。这次创业他终于取得了重大突破。在这几年间，霍英东崛起的速度几乎可以说是一夜之间，他一举成为香港业界新贵。

此后，霍英东创建了立信建筑置业有限公司，放手从事地产业的投资经营。当时香港从事房地产投资的人很多，因为这是一个赚钱又多又快的行当，但真正在地产生意中获得成功的人却是有限的。从买进第一宗房地产起，几年内，立信建筑置业有限公司所建的楼在香港已到处可见，到 20 世纪 70 年代末 80 年代初，他名下有 30 多家公司，大部分经营房地产。

20 世纪 60 年代初，他在经营房地产的同时兼做淘沙生意。当时，香港房地产业有了很大的发展，楼宇、码头建设兴盛，对河沙的需求量猛增，霍英东也在经营房地产的过程中为建筑材料的紧缺伤透了脑筋。也许正是因为他出身于水上人家，有着与其他房地产商不一样的参考系，他非常具有远见，想到了另一条财路：海底淘沙。

　　海底淘沙是一种费工多、收获少的行当，商人们不仅不愿轻易问津，甚至视之为畏途。但霍英东却有自己的如意算盘：从海底淘沙，不仅可以获得大量建筑用沙，而且可以挖深海床，治海造地，是一个很有前途的事业。只不过要想在海底淘沙中赚大钱，靠一般方式不行，需要加以改革，运用现代化的设备。

　　为了实现海底淘沙的设想，霍英东派人到欧洲订购了一批先进的淘沙机船，用现代化手段取代落后的人力方式。凭着为人所不敢为的果敢精神，霍英东从香港商界的视野盲点找到并挖到了宝，创造了奇迹。与此同时，霍英东奇招独出，又与有关部门订立了长期合同，专门由他负责供应各种建筑工程所用的海沙，这无疑是享有了淘沙生意的垄断权，成为香港淘沙业中的王者。此后，香港各地的大厦建筑、码头建筑，以及填海工程，均由霍英东的有荣公司负责供应海沙。

坚持不懈
——在逆境中抬头的力量

第三章

在勤奋中站立

只睡五个半小时

1924 年 1 月，革命导师列宁身患重病，生命垂危，床边的桌子上放着一本他正在读的书——《热爱生命》。去世前两天的晚上，夫人克鲁普斯卡娅给他读了书中人与饿狼展开殊死搏斗、最后取得胜利的一段故事。列宁特别喜欢这段故事。这本书的作者是美国著名小说家杰克·伦敦。

杰克·伦敦于 1876 年生于美国旧金山一个贫寒的农民家里。从十余岁起，他就开始独立生活。这以后，他当过工人、水手、淘金者、流浪汉，几乎走遍了美国，吃够了苦头，受尽了折磨。同时，也广泛了解了社会，收集了大量写作素材。

1899 年，他的小说《给猎人》发表，在美国文坛产生了广泛影响，他一跃成为知名作家。

他写作非常勤奋，要求自己每天工作不得少于 16—18 小时。他只准自己睡 5 个半小时，调好闹钟，按时起床，一分钟也不多睡。

当他觉得劳累之时，抬头看看诗句，就顿觉精神倍增，又提笔写下去。他成年累月坚持每星期写作 6 天，倘有一天因故耽搁，第二天一定补足。

他写作非常严肃认真。动笔之前，他深思熟虑，打好腹稿，所以成文之后，几乎很少改动，而且书写非常工整。他通常每天写2000字就不再多写了。他认为每天3000—4000字的速度，写不出好作品来。因为作品不是从墨笔里流出来的，而是要像砌墙一样，对每块砖都经过慎重的选择。

正由于他的勤奋、认真，他短暂的一生虽只有40年，文学活动只有16年，但仍旧写出了19部长篇小说，150多篇短篇小说和故事等，并且这些作品在美国文学史上占有相当重要的地位，有的成为世界名著。

一生的自学习惯

> 青，取之于蓝而青于蓝；冰，水为之而寒于水。
>
> ——《荀子·劝学》

富兰克林小时候非常爱学习，可他只上了两年小学，12岁开始就到哥哥开的印刷所当学徒。在印刷所，他浏览了许多著作，养成了良好的自学习惯，还经常学写文章。15岁那年，哥哥筹办了一份报纸，富兰克林想在上面试一试自己的文笔。他想，哥哥肯定不会采用自己的稿子，就化名写了一篇文章，半夜里悄悄放在印刷所门口。第二天，哥哥果然发现了，请人审阅觉得不错，给发表了。以后，富兰克林常常如法炮制，瞒着哥哥发表了不少文章。

17岁时，他离开家乡到费城一家印刷厂当工人。他良好的自学习惯一点儿没变，尽管收入很少，他还是千方百计省出钱来买书。有时为了买书，就要饿上一整天。

有一次，他在路上看到一位满头白发的老奶奶饿得走不动了，就把自己仅有的一块面包给了她。这一来，他自己就饿肚子了。但是他拿出书来，心里想：对我来说，只要不饿死，读书的滋味比面包好多了。

富兰克林不但学习努力，做事也非常勤快踏实，从不偷懒，大家都很喜欢他。看到他这么爱学习，有的人就主动借书给他。富兰克林对借来的书十分爱惜，从不乱折乱涂，有破损处还主动修补好，所以大家更乐意把书借给他了。

富兰克林给自己制订了一个"达到道德圆满的勇敢而艰苦的计划"，还订了个小本子，专门记录道德修养方面的过与失。每天早晨，他还要订好当天的工作和学习计划，晚上自我检查。从17岁开始，天天如此。

富兰克林靠着自学，掌握了法语、意大利语和拉丁语等多种语言，阅读各种著作更加方便。他聚集起一帮好学青年，每当一天工作结束之后，一起讨论各种社会问题和自然科学问题，定期宣读各人所写的论文。大家学习的劲头很足，讨论的问题涉及到许多科学领域，但大家所掌握的知识毕竟有限，有时碰到一些疑难问题，谁也解答不了。

遇到这种情况怎么解决呢？富兰克林想出一个好主意，他建议大家把藏书都集中起来，互相取自己所需的借阅，以此让大家读到更多的书，增加更多的知识。在这个基础上，富兰克林拟订了一个详细的计划，到处筹集资金，在费城建立起北美第一所公共图书馆。

坚持不懈
——在逆境中抬头的力量

富兰克林挤出分分秒秒的时间，不断学习，为在生命的航船上扬起知识的风帆、驶向科学王国的彼岸而做好充分的准备。

1746 年，英国学者斯宾士在波士顿做电学表演实验，富兰克林也去观看。实验结束后，斯宾士把一部分仪器送给富兰克林。富兰克林对电学的浓厚兴趣被激发了，又托人从伦敦弄来一只莱顿瓶，从此闯入了电学这块"待开垦的处女地"。

富兰克林是做物理实验的能手，不到几个月，就取得了一项重要发现，总结出电荷有正电和负电两类，为定量研究电荷的性质打下了基础。接着他又进一步提出，电荷不能创生，也不能消灭，只能从一个物体转移到另一个物体。

为了揭开雷电现象的秘密，他冒着危险做了著名的"电风筝"实验，证实天电和地电是完全一样的。弄清雷电的性质后，他发明了避雷针，在科学史上写就了人定胜天的光辉一页。

求知若渴的罗蒙诺索夫

欲穷千里目，更上一层楼。

——王之涣

俄国著名科学家罗蒙诺索夫是渔民的儿子，他 10 岁就下海捕鱼，没有机会上学。可他有强烈的求知欲，有空时就跟着一个邻居学识字。有一次，他跟父亲去邻村一户村民家，在那户人家发现了一本科学读物《算术》，就恳求那家人送给他。那家的儿子却恶作剧地要罗蒙诺索夫在坟场上睡一晚上。为了得到书，罗蒙诺索夫去了坟场。待在坟场，他心里感到很害怕。为了不想那些可怕的场景，他望着天上的星星作起诗来。第二天，他终于如愿以偿地得到了向往已久的书。

罗蒙诺索夫渴望学到更多的知识。19岁那年，他向邻居借了3个卢布，步行20多天，来到莫斯科，进入斯拉夫－希腊－拉丁学院，和一群十二三岁的小同学坐在一个教室里上课。

这所学校有个规定：按成绩排座次，成绩最好的坐第一排，最差的坐最后一排。罗蒙诺索夫一个拉丁文都不识，坐在了最后一排。小同学们趁机起哄嘲笑他：大傻瓜来啦！他对这些毫不理会，每天用心听课，刻苦学习，成绩越来越好。他的座位不断向前移动，不久就坐到了第一排。他五年学完了八年的课程，成为全校闻名的优等生。

由于学习成绩优异，罗蒙诺索夫被选中派往德国学习采矿和冶金。他师从有很高威望的物理化学家沃尔夫教授。教授经常教导他说："不要生活在别人的智慧里，即使对著名的学者，也不应盲目信任。"

他从德国学成回国后，冲破重重阻力，前后奔走好些年，建立了俄国第一座化学实验室。从此，他在那里大显身手，研究了许多化学和物理知识，取得了丰硕的成果。

那时候，化学还没有统一的理论，对一些已知的化学现象有人用一些唯心的观点来解释。例如，对燃烧这个现象，有人认为可燃物中有一种叫作"燃素"的东西，它是一种特殊的发热的流动体，一会儿侵入物体内部同物体结合在一起，引起燃烧，一会儿飘浮在空中。燃烧时，燃素以光和热的形式释放出去了，但燃烧物的重量会增加，这是因为燃素有负的质量。

坚持不懈
——在逆境中抬头的力量

然而，燃素到底是什么？谁也不知道。许多人用各种办法寻找燃素，可谁也没找到。

罗蒙诺索夫决心用实验揭开这个谜。他把金属屑倒进曲颈玻璃瓶，封好瓶口，称准重量，放到火上煅烧，等金属屑烧成灰末后又冷却称重。结果发现每次燃烧前后玻璃瓶的重量都没有变化。但如果打开瓶口，空气进入后，玻璃瓶的重量就会增加。罗蒙诺索夫断定：金属燃烧时变重是因为与空气（其实是氧）化合的结果，所谓的燃素根本不存在。他又经过许多次观察和实验，发现所有参加反应的物质总重量一定等于反应后生成物的总重量。据此，罗蒙诺索夫提出了物质和运动不灭的概念，有力地冲击了当时在化学上占统治地位的燃素学说。

勤奋的少年

> 会当凌绝顶，一览众山小。
>
> ——杜甫

唐朝时，长安城内有个元都观，观里有个很有学问的道士叫尹崇。尹崇有很多藏书，有一段时间，有个叫张遂的少年天天到观里来借阅藏书。那个少年看起书来，常常连饭都忘了吃。尹崇很喜欢这个勤奋、刻苦的少年，常对周围的人说："这孩子定会有大出息的。"

由于不间断地学习和思考，张遂在年轻时就对天文历法有了很深的造诣，在京城长安颇有名气。武则天做皇帝后，她的侄子武三思野心勃勃，企图独揽朝政，但又苦于自己不学无术。他听说张遂很有学问，就想拉拢他，让他为自己观测天象预测吉凶。张遂十分讨厌武三思这种权贵，不想和这种人交往，就到河南嵩山，削去头发做了一名和尚，法名"一行"。

在僻静的嵩山，一行不受干扰，能更加专心致志地研究天文学。天文学需要大量的数学知识，一行遍访学者，步行 1000 多千米，拜浙江天台山的一个和尚为师，学习数学。后来又辗转到湖北当阳的玉泉山，继续研究天文。

唐玄宗即位后，派人把一行请进京来，主持修订历法。一行认为历法与老百姓的生产、生活有密切关系，就答应了。

为编新历法，一行做了大量的观测研究工作，带领一班人马在全国 13 个地方测量北极高度和春分、夏至、秋分、冬至那几天中午的日影长度，和天文仪器制造家梁令瓒一起设计制造了黄道游仪，测定太阳在宇宙中运动的轨道和其他星辰的运行情况，前后花了好些年才编出了新历法的草稿。而在新历法实施时，一行由于过度劳累去世了。

环境优越也勤奋

宋朝初年，有个博学多才的人，他精书法，善绘画，喜著书。他家有几万卷藏书，手抄本数十卷。可他绝不是舞文弄墨的闲散书生，他就是古代知名的建筑学家李诫。

李诫出生在富贵家庭，他的祖辈、父辈及兄长都在朝廷做大官，门第显赫。优越的生活条件并没有使李诫成为娇生惯养、不学无术的公子哥，优越的学习条件加上勤奋的学习态度使他成了一位远近闻名的大学者。

李诫曾在主管建筑工程的将作监任官职。在职期间，他看到有些主管建筑工程的官吏由于不懂建筑技术，对工程设计又缺乏必要的核算和检查，往往使工程不能保质保量地完成，而且浪费极大。他决心尽可能消除这方面的弊端。因此，他平时十分注意学习工程技术和管理方面的知识，刻苦地研究。在主持兴建了许多大型建筑工程后，他积累了丰富的建筑经验和管理知识，对施工中的整套工艺技术了如指掌，成了一代大建筑家。

1097 年，李诫受朝廷旨意，编修《营造法式》。编修《营造法式》的目的是为了统一营造规范，建立标准设计，防止贪污浪费，保证建筑工程的质量。

李诚受命后，查阅了大量的有关建筑史料，以吸取前人的经验；请教了许多建筑工匠，共同分析比较各种方法的优缺点；精心校正和找出了各种构件的尺寸比例。经过辛勤的努力，终于完成了《营造法式》的编修工作。《营造法式》内容极其丰富，是当时世界上木构建筑的最先进的典籍。现在，它仍然是研究古代建筑技艺和规范制度的重要典籍。

宝剑锋从磨砺出

> 成功不是全垒打，而要靠每天的、经常的打击出密集安打。
>
> ——罗伯特

唐朝有个著名大诗人，名叫白居易（772—846 年），字乐天，祖籍山西太原，出生在河南新郑。

白居易的诗歌，现存约 3000 首。在我国文学史上，除了宋代的陆游，就数他的作品最多了。

他写的诗歌，读起来朗朗上口，通俗易懂，连老太太和儿童都能听懂。又因为他敢于揭露统治阶级的罪恶，同情人民的疾苦，所以当时就流传很广。根据记载，那时不管是学校里、寺庙里、旅店里、客船上、驿站里、街头上，到处都抄着他的诗歌；不管是妇女、儿童、士兵、农夫，人人都喜欢朗读他的诗歌，真是"诗歌已满行人路"。

他的诗歌，不仅在国内传播很广，而且还传到了国外。在当时的日本等国，有谁得到白居易的诗歌，简直就像得到宝贝似的。

白居易的诗歌为什么写得这么好呢？主要的原因，是他能够深入实际，刻苦学习，还能虚心听取意见，有了成绩不骄傲。

据记载，白居易写诗，为了做到通俗易懂，常常去征求别人的意见。如果别人说"听不懂"，他就会继续修改，一直修改到连老太太都能听懂的地步。

有一年，白居易到当时的京城长安去参加考试。在考试之前，他把自己的作品拿去给一位前辈诗人看。这位前辈诗人名叫顾况，善写文章，当时在诗坛上很有名气。他看到这位年轻诗人名叫白居易，就开玩笑说："居易呀居易，长安的柴米这么贵，居住下来恐怕很不容易吧？"一面说着，一面便打开了他的诗卷。诗卷的开头一首，便是白居易 15 岁时写的《赋得古原草送别》。当读到"野火烧不尽，春风吹又生"这两句时，他非常高兴地说："哎呀，能写这么好的诗，居住在长安可就没问题啦。"顾况到处替白居易宣传，白居易的名声也就传开了。

白居易 15 岁就能写出那么好的诗来，可真是不容易啊！但是白居易并没有因此骄傲自满，而是越来越努力了。他在和一位朋友的通信中，比较集中地讲了自己的读书和写作情况。他说："我从 6 岁的时候就开始学习作诗。9 岁时学懂了写诗时怎样运用声韵。15 岁的时候，知道的事情多了，更求上进，读书就更加刻苦了。20 岁以后，白天认真钻研辞赋，晚上努力读书，又挤时间学习写诗，忙得连睡觉的时间都挤掉了。由于过度劳累，以至于满嘴生了口疮，手上和肘上磨起了老茧。"

白居易的生活经历为我们提供了很好的学习经验。

第三章

在勤奋中站立

不贪图捷径的人

　　达·芬奇的童年是在家乡度过的，他从小勤奋好学，善于思考。他对绘画有特别的爱好，也喜欢玩弄黏土做一些稀奇古怪的玩意儿。他常常跑到小镇的街上去写生，邻居们都称赞他是"小画家"。有一天，达·芬奇在一块木板上画了一些蝙蝠、蝴蝶、蚱蜢之类的小动物，他的父亲看见了，觉得画得不错。为了培养他的兴趣，父亲送他到佛罗伦萨著名艺术家韦罗基奥的画坊去学艺。

　　韦罗基奥是一位富有经验的画师，对学生的要求十分严格，他教达·芬奇的第一课就是画鸡蛋。从此，达·芬奇根据老师的要求，每天拿着鸡蛋，一丝不苟地照着画。过了两年，达·芬奇有点不耐烦了。有一天，他实在忍不住了，便问道："老师，为什么老是让我画鸡蛋呢？"韦罗基奥听了，耐心地对他说："别以为画蛋很简单，很容易，要是这样想就错了。在1000个蛋当中，从来没有两只形状是完全相同的。即使是同一个蛋，只要变换一个角度，形状便立即不同了，比如，把头抬高一点，或者眼睛看低一点，这个蛋的轮廓也有差异。如果要在画纸上准确地把它表现出来，非要下一番苦功不可。多画蛋，就是训练眼睛去观察形象，训练随心所欲地表现事物，等到手眼一致，那么对任何形象都能应付自如了。绘画，基本功是最重要的，你不要浅尝辄止，要耐心地画下去啊！"达·芬奇点头称是，于是更加刻苦认真地画起来。

这生动的一课，不但为达·芬奇的绘画艺术打下了基础，而且对他以后钻研多方面学问都很有启迪。达·芬奇在此整整苦学10年，不但在艺术方面得到了良好的学习和训练，而且还结识了一批艺术家和学者，阅读了很多书，在许多领域都打下了知识基础。

后来，达·芬奇在总结童年学画的经验时，告诉下一代艺术爱好者们："……你们天生爱画，所以我对你们说，你们若想学得物体形态的知识，须由细节入手。第一阶段尚未记牢，尚未练习纯熟，切勿进入第二阶段，否则就虚耗光阴，徒然延长了学习年限。切记，艺术靠勤奋，不要贪图捷径。"

第三章 在勤奋中站立

终生写作的左拉

> 绝不测量山的高度——除非你已到达顶峰，那时你就会知道山有多低。
>
> ——哈马绍

在巴黎圣·维多大街35号的小阁楼里，一个青年用破毛毯裹住全身，在撑起的膝盖上摊开一本拍纸簿，一手持烛，一手奋笔疾书。这位青年就是 19 世纪法国的批判现实主义作家、法国自然主义文学的主要倡导者左拉。

左拉 1840 年 4 月出生于巴黎。7 岁的时候，他的父亲就去世了，家中时时受到贫困的威胁。幸好外祖母接济他们，使他们得以凑合着过活。1857 年，外祖母病逝，他们的生活更加困难。18 岁时，左拉进入巴黎圣路易中学，可惜在次年的中学毕业会考中，名落孙山。他不会任何技艺，备尝失业的辛酸。他常常只能靠在屋顶捕麻雀和捡拾富人家扔掉的鱼头鱼尾充饥。他贫穷，但不气馁，怀着当作家的理想，坚持进行创作。

1862 年，他进入阿歇特书局当雇工。不久，老板读了他的诗篇，发现他有才气，便擢升他为广告部主任。任职期间，他发奋写作，开始陆续在报刊上发表作品，也得以结识文学界的著名人物。

后来，当局以他的作品对社会风气有害为名，要他停止写作，否则就砸烂他的饭碗。左拉不怕丢掉工作，不怕忍饥挨饿，不怕未婚妻离开他，毅然决然走自己的文学创作道路。

1871—1893 年，勤劳不息的左拉整整伏案写作了 22 年，终于写成了《卢贡·马卡尔家族》。全书共 20 部小说，约 600 万字，出场人物多达 1000 余人。书的内容几乎涉及法兰西第二帝国社会生活的各个方面：政治、军事、宗教、商业、金融、科学、艺术、日常生活……其卷帙之浩繁，堪称继巴尔扎克的《人间喜剧》之后的又一部罕见的文学巨著。

他取得这一成就后仍未停笔，1894 年后又陆续写出《三名城》《四福音书》（共 4 部，只完成 3 部）等长篇小说。

坚持不懈
——在逆境中抬头的力量

曾经的倒数第一

苏步青9岁那年，父亲送他进县城第一小学当一年级的插班生。从山沟里来到县城，苏步青大开眼界，看到的、听到的样样都感到新鲜。他整天玩耍，把功课全丢到脑后了，期末考试苏步青竟得了倒数第一名。

第二年，苏步青转到水头镇求学。因为家庭贫穷，有的老师看不起他，甚至还故意刁难。有一次，他写了一篇作文，其中有两句佳句，整篇文章也写得很有特色。不料老师却怀疑他是抄来的，后来查清是他自己写的，仍给他的作文批了"差等"。这件事深深地伤害了苏步青的自尊心，他就用不听课、尽情玩耍来抗议。结果，这年他又得了倒数第一名。

新学年开始，一位叫陈玉峰的老师发现这小孩挺聪明，就是贪玩不用功，就找他谈话，并启发他"不好好念书，对得起你的父母吗"？苏步青听后，觉得惭愧，但心里并不服气。陈老师又循循善诱道："文章好坏，不是哪个老师决定的，个人的前途靠自己去争取。我看你的资质不差，又能吃苦，只要努力学习，一定会成为有用的人才……"

陈老师的话像鼓槌一样，敲打着苏步青的心。他左思右想，决心不辜负老师的期望，做一个有作为的人。

从此，苏步青发愤学习。为了看懂《东周列国志》，他步行了几十里山路，向别人借来《康熙字典》，遇到难字生字，他总要逐个查阅、弄懂。假日，他回家一边放牛，一边骑在牛背上背诵《唐诗三百首》。

这学年，他一跃成为全班第一名。在以后的求学期间，他每次考试成绩都是第一。

1914年，苏步青以优异的成绩考入中学。这时，他已经能滚瓜烂熟地背诵《左传》，由于他博览群书，在同学中获得了"文人"的称号。后来，他走上了数学的道路，成为我国著名的数学家。

没有文凭的历史学家

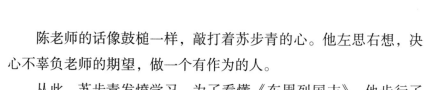

好的木材并不在顺境中生长，风越强，树越壮。

——马里欧特

中国著名历史学家、文献学家张舜徽，长于校勘、版本、目录、声韵、文字之学。他著作宏富，研究精深，对我国史学作出了卓越的贡献。然而，他竟是完全靠自学成家的，人们赞誉他是"没有文凭的历史学家"。

张舜徽19岁时读《资治通鉴》，7个月将294卷的大书读完，并写了简明的札记。后来，又用 10 年的功夫，读完了 3259 卷的《二十四史》，从《史记》到《隋书》，都用朱笔圈点。他一生自少至老，从未晏起过；日历上也未有星期天和节假日。他自学出身，经过长期奋斗，终于由一个中学教师，当上了大学教授。他以清初学者唐甄的《潜书·七十》中的一段话为座右铭："我发虽变，我心不变；我齿虽堕，我心不堕。岂惟不变不堕，将反其心于发长齿生之时。人谓老过学时，我谓老正学时。今者七十，乃我用力之时也。……老而学成，如吴农获谷，必在立冬之后，虽欲先之而不能也。学虽易成，年不我假；敏以求之，不可少待。不然，行百里者，九十而日暮，悔何及矣！"他经常用这段话提醒自己，争取在学术研究方面，努力为党为人民做些有益的工作。就是在那动乱的年代，他白天挨批斗，晚上争取时间写作。经过 10 年苦干，整理出一大批研究成果。其中《说文解字约注》，有 200 多万字，誊写清稿花了 3 年半时间，写秃了 50 多支大小毛笔。

读书的渴望

鸟欲高飞先振翅，人求上进先读书。

——李苦禅

老舍先生 9 岁时还一字不识呢！不过，这也不能怨他，因为老舍 1 岁时父亲便去世了，他还有三个姐姐、一个哥哥，全靠体弱多病的母亲给别人家拆洗缝补维持生活。那时，他连饭都难吃上，更别说读书求学了！

聪明好学的老舍眼巴巴地看着富人家的孩子在书塾里学习，他多么羡慕呀！他想，自己什么时候才能读书学习啊。9 岁那年，机会终于来了。一天，一位好心的大叔来看望老舍一家，他看到老舍既聪明伶俐又有强烈的学习欲望，便决定出钱供养老舍读书。老舍从此欢天喜地地开始了读书生活。

小学毕业时，学校要每人交两张照片。老舍哪儿有钱去照相呢？母亲为了儿子的前途，狠心卖掉了家里仅有的一只破箱子，才勉强让老舍照成了相。

这时，年少的老舍想：家里穷到这地步，还读书干啥？毕业后是当学徒还是沿街叫卖花生？他矛盾着，心里想了很多很多。可他又多么舍不得放弃读书呀！

毕业后，他考上了全国极有名的一所中学，可惜供他读书的叔叔也没钱了，他已无法上学了！但是一种强烈的读书欲望占据了他的内心：再穷，也要读书！百般焦急之下，老舍灵机一动去报考了师范学校。因为当时这种学校不用缴学费，而且吃住不要钱。这对于生活窘迫的他来说是多么求之不得的呀！结果，老舍以优异的成绩考取了师范学校。

老舍非常珍惜这次求学机会，背上行囊离家求学去了。在学校里，别的同学吃喝玩乐的时候，身无分文的老舍却一个人在用功苦读；别人在嬉戏闲谈的时候，他却在钻研着书中的知识……因此，老舍的成绩十分优异，并且参加了当时有名的校际辩论会，而他总是十有九胜，成了学校了不起的学生。

坚持不懈
——在逆境中抬头的力量

译作等身的林纾

近代翻译家、文学家林纾用文言翻译欧美文学作品 180 余部，风靡一时，为外国文学输入中国之发端，对于维新变法和思想启蒙都有一定影响。

林纾，福建闽县（今福州）人，生于清咸丰二年（1852 年）。原名群玉，字琴南，筑一室于龙潭浩然堂侧，额曰"畏庐"，又称畏庐居士。

林纾为了有所作为，以"读书则生，不则入棺"作铭语，并在其居室墙壁上画一棺材，以此来警醒自己。

林纾少孤，家贫不能买书，则杂收断简零篇用自磨治。13—20岁，他校阅不下两千余卷。迨 30 岁以后，与李宗言为友，尽读其兄弟所藏书籍不下三四万卷。他曾师从闽县薛则柯学习古文词，又随朱韦如学习举文，成年后，拜石巅山人陈又伯门下学画，师法清初四王。

由于刻苦读书，他博学多才，为他的文学事业奠定了扎实的基础。林纾作为不懂外文的翻译家，所译欧美文学作品数量之多、篇幅之浩瀚、语种之复杂、涉猎门类之广泛，是古往今来中外翻译界绝无仅有的。自光绪二十五年（1899年）《巴黎茶花女遗事》问世，迄民国十三年（1924年）溘然长逝，林纾翻译英、美、法、德等11个国家100余位作家的作品180余部。同时，林纾著述甚丰，所撰诗文有《畏庐文集》《畏庐诗存》《闽中新乐府》等，小说有《京华碧血录》《金陵秋》等，传奇有《蜀鹃啼》《合浦珠》《天妃庙》等。

写在车厢上的公式

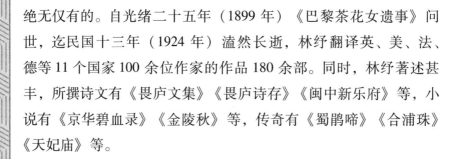

> 要能感觉存在，就需加强对美的感受力。
>
> ——詹姆士·雷德非

1926年的某天深夜，冯·卡门和他的学生弗兰克正在紧张地运算着，那是从曲线推导出数学方程。忽然，他们想起开往亚琛的电车只有最后一班了，便像从梦幻中惊醒一般，急匆匆朝伐尔斯车站赶去。

在人声嘈杂的车站里，冯·卡门还在思索他那组迷人的数学方程。也不知是什么拨动了他的灵感，一种所谓的紊流结构数学公式便在他脑海中奇迹般地出现。他兴奋极了，再也无法控制自己的激情，便马不停蹄地在停留的电车车厢上写起来。就这样，一行行数学方程像潮水般涌现出来，使他忘却了周围的一切，也忘却了站在一旁的弗兰克。

售票员静静地站在旁边，十分无奈地凝望着他们。她不时看看表，实在不能再等下去，便大声催促弗兰克上车。然而，沉醉在快速演算中的冯·卡门无法停下来，他一面发疯似地继续推导方程，一面打招呼："请再等一会儿！"时间分分秒秒地过去了。

售票员实在等不及，十分生气地喊："走吧，教授先生！"说完，她就跳上车。紧接着，电车启动了。弗兰克这才跳上车，与冯·卡门匆匆告别。

不过，辛苦的却是弗兰克。他每到一站，便迅速跳下车，将写在车厢上的公式抄下来。就这样，一站站跳下来，一站站抄录，一直抄到亚琛。

冯·卡门写在车厢上的公式，成为他题为《紊流的力学相似原理》的论文。如今，他当年发现的这一紊流对数定律，已经成为各种飞行器阻力的计算工具，在喷气式飞机、火箭设计上得到应用。多年后，冯·卡门在他的自传中记录了这件有趣的故事。

每天工作十四个小时

> 啊！到达人生的尽头，才发现自己没活过。
>
> ——梭罗

法国雕塑艺术大师罗丹出身于贫寒家庭，父亲是警察局的雇员。虽然他自幼酷爱绘画，但由于父亲的强烈反对，他只能徘徊在美术学校的大门外。

罗丹14岁那年，一个偶然的机会，他进入了图画学校学习。在那里，他遇到了一位爱才如命的老师——勒考克。勒考克发现罗丹是一株才华初露的幼苗，以极大的热情和严格的态度来精心培植他。

有一次，罗丹因家庭经济困难无力购买颜料，十分难过，一气之下，决定撕掉自己所作的画，永远与艺术告别。勒考克闻讯火速赶来，声色俱厉地对罗丹说："只有我才能决定如何处理你的这些画！我要把这些画保存起来。"

不久，他把罗丹送进雕塑室去深造。后来，罗丹在别人劝告下报考法国美术学院，但一连三次都名落孙山。

罗丹绝望了。他悲伤地认为，作为雕塑家，自己的生命已经结束了。这时，勒考克先生又向他伸出了热情的双手，耐心地开导他说："未被录取，这是你可能遇到的最好的事情。要知道，美术学院已经变成了一所古典主义的学校，那里塑造出来的东西千篇一律，毫无感情，非常单调，全是骗人的东西。"

在老师的鼓励下，罗丹重新树立起不断进取的信心和勇气，终于成为继米开朗琪罗之后最有影响的雕塑家。

罗丹取得伟大成就，更多是得益于他的勤奋好学。求学时代，他每天天不亮就起床，先到一个业余画家的家里对着实物画几个小时的素描，接着又急忙赶去上学。晚上从学校回来，他还要去博物馆。当时博物馆里有一个专画人体的学习班，他要在那里画上两个小时。除此之外，他还会抽空到图书馆、博物馆，观摩学习古代的雕塑作品。罗丹是在争分夺秒地学习和工作，他说："为了使我的工作不停顿哪怕是一秒钟，我每天要工作14个小时。"

从木工到大师

> 人类心灵深处，有许多沉睡的力量；唤醒这些人们从未梦想过的力量，巧妙运用，便能彻底改变一生。
>
> ——澳瑞森·梅伦

齐白石出生于湖南湘潭一个农民家庭，幼年家境贫寒。齐白石自幼就因先天性的营养不足而体弱多病，对于一个仅有一亩水田来维持生存的五口之家来说，其艰难可想而知。

齐白石7岁时，已能将祖父教的300多个字背得滚瓜烂熟，牢记于心。祖父认为再也无力教授孙子时，开始长吁短叹：为家庭的贫困不能供养孙子读书，为孙子过人的天分被耽误。好在天无绝人之路，齐白石的外祖父在枫林亭附近的王爷殿设了一所蒙馆。这样，齐白石得以在外祖父的蒙馆寄学。

聪明的齐白石勤奋好学之余，开始在描红纸上涂鸦起来，没想到他画的东西竟与实物十分相像。不久，他的画在同学中已经小有名气而流传开了。正当齐白石沉浸在读书、绘画的乐趣中的时候，学校放秋忙假了，不巧的是齐白石又生了场病，加上天公不作美，田里歉收，对于已经添丁加口的齐家，无异于雪上加霜。青黄不接的时候，连饭也没得吃了。齐白石的母亲别无他法，哽咽地对他说："年头儿这么紧，糊住嘴巴再说吧！"懂事的齐白石只好无奈地中断了读了一年的蒙学。

辍学后的齐白石，平时做一些挑水、种菜、扫地、打柴、放牛等力所能及的家务事。空闲时间，他就读从外祖父那里借来的《论语》，家里能找到的纸片，都被他充分利用起来，画满了自己喜欢的图案。

齐白石十五六岁时，家里人考虑他身体单薄，重活也干不了，便想让他学一门轻松一点儿的手艺，加上齐白石喜欢画画，经人介绍，他便到当地一个叫周之美的名雕花匠那儿学习雕花技艺，这使他对雕刻产生了极大的兴趣。为了节约钱买笔墨纸砚，他吃最简单的饭食，穿单薄的衣服。后来，他在做活的时候意外地发现了一套康熙年间刻印的《芥子园画谱》，他如饥似渴地用半年时间全部临摹下来，并且反复临摹，积累了上千张手稿。

齐白石虽然从未中断过画画，但对于这么精美的仕女画、花卉、走兽图案画，还从未见过和描习过，所以兴致特别高，学得也特别用心，周师傅特别喜爱这个聪明好学的徒弟，没有儿子的他，把齐白石当成亲生儿子看待，常对人夸他那有出息的好徒弟。由于周师傅的好心提携，齐白石在白石铺渐渐也有了名气。

1889 年，齐白石在做活的时候，认识了颇有才学的私塾先生胡自倬和陈少蕃先生。

从此，他走上了专门的读书绘画的生活。几年下来，齐白石的画像技艺有了很大提高，并在传统绘画的基础之上创造了一些新技法，创作了不少富有诗情画意的作品。30 多岁时，齐白石又开始苦练治印。他拜丁龙泓、黄小松为师，并常与黎松安等切磋印术。他把一枚枚印章刻了又磨掉，磨掉了又刻，学得非常辛苦，半年下来，他便掌握了汉印的基础。

1902 年起，年近 40 岁的齐白石开始游历大江南北，每到一处，他都要游历当地的名山大川，了解当地的风土人情，积累了为数众多的速写作品，同时结识、拜访了许多有真才实学的画界名人，鉴赏、临摹了许多秘籍、名画、书法、碑拓等艺术品。这大大开阔了他的胸怀，提高了他的审美能力和鉴赏能力。

1909 年暮秋，齐白石回到故乡，购置了"寄萍堂"并在此居住，这一住就是 10 年。这期间，齐白石每天除坚持作画外，就是用功苦读诗词，闭门自修。通过这 10 年的刻苦磨砺，基本上形成了齐白石朴实、自然的创作风格。

1919 年初春，齐白石决计北上，定居北京。初到北京后，齐白石的画并不能卖出，仅靠治印维生，生活极为贫困。但他不断地从黄宾虹等人的画中吸取营养，开始"衰年变法"，创造了中国画工笔草虫和写意花卉相结合的特殊风格，后在陈师曾的提携下，名声大振。1927 年初春，齐白石被北京艺术专科学校校长林风眠聘请为教授。他把自己几十年的绘画创作经验毫无保留地传授给学生，著名画家王雪涛、李苦禅、李可染等，都成了他的得意门生。在 10 多年中，他居然创作出了万幅以上的作品。

80 岁前后，齐白石治印的篆法、章法、刀法都表现出了鲜明的特色，被誉为"印坛泰斗"。

其画作造型简括、神态生动、笔力雄健、墨色强烈，书与印苍劲豪迈、刀笔泼辣、神奇趣逸。他将画、印、诗、书熔为一炉，使中国传统艺术水平升到新的高度。

1937 年七七事变后，齐白石愤然辞去了一切教职，从此紧闭大门，充分表现了这位艺术老人的民族气节。1939 年，为拒绝日伪大小头目纠缠索画，他在大门上贴出纸条："白石老人心病复作，停止见客""画不卖与官家，窃恐不祥""绝止减画价，绝止吃饭馆，绝止照相""与外人翻译者，恕不酬谢"。1944 年，他决意停止卖画，并以"寿高不死羞为贼，不愧长安作饿饕"的诗句，表示宁可挨饿，也不取媚于恶人丑类。直到 1945 年日本投降，他才公开露面，1946 年初恢复了他的卖画生涯。1957 年 9 月 16 日，齐白石大师走完了他将近一个世纪的生命历程。

勤奋的探索者

> 将爱的能量传送给别人，我们自己就会变成一条管道，吸纳来自上天的神圣能源。而那种玄秘体验是我们每个人都得以品尝的！
>
> ——詹姆士·雷德非

1770 年 8 月 27 日，德国古典哲学的集大成者、著名的唯心主义哲学家黑格尔出生于德国南部斯图加特城的一个绅士家庭，父亲是税务局的书记官。黑格尔在斯图加特市立文科中学读书时，是一个循规蹈矩、安分守己而且枯燥无味的学生。1788—1793 年，黑格尔进入图宾根神学院学习。开始，他既不满意神学院那种修道院式的严格规定，也对骑马、击剑等不感兴趣，他把时间都用在书本上，同学们都叫他"老头儿"。但是 1789 年爆发的法国资产阶级大革命，却使黑格尔大为振奋，政治简直使他着了迷。图宾根也出现了政治俱乐部，黑格尔和朋友谢林常参加俱乐部的活动，欢呼法国革命是"一次壮丽的日出""一个光辉灿烂的黎明"。据说他们还种了一棵"自由之树"。当时黑格尔在笔记本中写了这样一些口号："反对暴君！""自由万岁！""卢梭万岁！"他向往资产阶级的自由和博爱。从神学院毕业后，黑格尔在贵族资产阶级家庭当了6年家庭教师。在这时期，他对法国雅各宾专政持谴责态度。

黑格尔是德国资产阶级的思想代表。18世纪末19世纪初的德国资产阶级，是一个具有典型两面性的阶级：它一方面对占统治地位的封建专制制度和封建割据不满，向往革命，在政治上和经济上有一定程度的进步要求；另一方面，它又不敢采取实际的革命行动，害怕和憎恶人民群众。它对革命的向往和要求只表现在思想上，在"抽象的思维活动中"；而在实际活动中则宁愿同旧社会戴王冠的人物妥协，反对革命，要求改良。黑格尔的政治思想正是这样，他否定君主专制，却要求君主立宪。这种思想反映在哲学中，就使黑格尔的哲学既具有革命的一面，又具有保守的一面。

1801年8月，黑格尔获准在耶拿大学当讲师，开始从事"科学之科学"——哲学的研究和讲授。1805年他当了教授。1807年，他的第一部名著《精神现象学》出版，黑格尔第一次系统阐述自己独立的哲学观点。黑格尔自己说这部书只是一种"探险旅行"，实际上这部书已建立起黑格尔哲学体系的基本轮廓，马克思把它称为"黑格尔哲学的真正诞生地和秘密"。1807年3月，黑格尔告别耶拿大学，到班堡的一家报社当编辑。离开耶拿的原因是教授的年俸维持不了生计，而《班堡报》的老板却答应以报纸赢利的一半作为报酬聘请他。1808—1816年，他在纽伦堡当中学校长，讲授哲学、宗教、文学、希腊文、拉丁文以及高等数学。在这期间，他写了《逻辑学》（即《大逻辑》）一书，并在40岁那年结了婚。1816—1817年，黑格尔任海德堡大学教授，开始享有盛誉。1817年，黑格尔出版了《哲学全书》，分为逻辑学（通称小逻辑）、自然哲学和精神哲学3部分，全面、系统地叙述了他的哲学体系。一年后，普鲁士政府重金聘黑格尔为柏林大学哲学教授。1821年，黑格尔出版《法哲学原理》，此书系统地反映了黑格尔的法律观、道德观、

第三章 在勤奋中站立

81

伦理观和国家观。

黑格尔是德国历史上著名的唯心主义哲学大师，他建立了一整套客观唯心主义的哲学体系。他把思维看作是客观独立的实体，称之为"绝对精神"，而把自然界看作是"绝对精神"的化身，把社会看作是"绝对精神"的体现，把科学、艺术、宗教、哲学看作"绝对精神"发展过程中的各个阶段。黑格尔认为，他的哲学就是"绝对精神"最高的自我表现形式，是全部哲学发展的顶峰，而普鲁士王国则是体现了"绝对精神"的最好的国家制度。黑格尔的哲学体系反映了德国大资产阶级同封建阶级妥协的保守性。

但是，黑格尔哲学最重要的成果是他的具有革命性的方法论——辩证法，这是黑格尔哲学的"基本内核"，它的主要内容可以概括如下：

一、关于内在联系和矛盾发展的思想。黑格尔第一次把整个自然的、历史的和精神的世界描写为一个过程，即把它描写为处在不断的运动、变化的发展中，并企图揭示这种运动和发展的内在联系。简言之，黑格尔明确主张，世界上的一切，都是"对立面的统一"，对立面既是相互联系、相互依存，又是相互排斥、相互矛盾的，宇宙间的万事万物就是由于这种内在矛盾而不断变化、发展的，例如生命现象本身就包含着生和死的矛盾。二、关于从量变转化为质变的思想。三、关于认识是由简单到复杂，由贫乏到丰富，由片面到全面的辩证过程的思想。四、关于思维的主观能动作用即观念的东西可以转化为实在的东西的思想等。

恩格斯总结说："和18世纪的法国哲学一起并继它之后，近代德国哲学产生了，而且在黑格尔身上达到了顶峰。它的最大的功绩，就是恢复了辩证法这一最高的思维形式。"

当然，黑格尔的辩证法是唯心主义的，他把一切都只看成是"绝对精神"的自身在辩证地发展，马克思和恩格斯曾说："在他

那里，辩证法是倒立着的。"黑格尔出于"体系的内部需要"，把辩证法一些最重要的原则歪曲了，使本来是"彻底革命的思维方法竟产生了极其温和的政治结论。"

虽然如此，列宁认为辩证法是黑格尔"绝对唯心主义粪堆中"的"珍珠"，恩格斯则要我们不是无谓地停留在黑格尔哲学的唯心主义体系这一大厦的脚手架前，而是深入到他的哲学大厦里边去，在那里发现珍宝。马列主义经典作家在批判地吸收黑格尔辩证法时给予黑格尔哲学很高的评价。

1829 年，黑格尔任柏林大学校长，位势鼎盛。1831 年 11 月 14日，黑格尔病逝于柏林。黑格尔去世后不久，他的著作 18 卷集出版，其中包括《讲演录》。

我愿终身是学生

烦恼使我受着极大的影响……我一年多没有收到月俸，我和穷困挣扎；我在我的忧患中十分孤独，而且我的忧患是多么多，比艺术使我操心得更厉害！

——米开朗琪罗

1888 年 8 月的一个夜晚，俄国喀山附近乡下的一间店铺突然着了火，火舌无情地吞噬着一切可以燃烧的东西。在这万分危急的时刻，一个 20 岁左右的青年，身上冒着烟，手里却紧紧抱着一只装满书的箱子，一纵身从窗口跳了下去。这个爱书如命的青年，就是后来举世闻名的无产阶级革命文豪——高尔基。

高尔基诞生在俄国伏尔加河畔的一个木工家庭里，4岁丧父。他只上过两年小学，年仅11岁就踏上了"人间"的征途。他为了生活，在社会上干过各种工作，在鞋店和绘图师家里当过学徒，还当过面包坊和杂货店的伙计，他到处流浪，但总是抓住每一分钟空闲时间读书。

高尔基在绘图师家当学徒时，主人们规定，看书要受到惩罚，书也要没收毁掉。但高尔基已养成了读书的习惯，一到晚上，他就偷偷地爬起来，从藏书的炉下空隙中拿出书，就着月光读得津津有味。有时看不清楚，他就用一只铜锅反射光读书。一次，高尔基爬到神龛底下，借着长明灯的光读书，不料看得倦了，趴在凳子上睡着了，被主人发现，挨了一顿毒打。他曾说过："假如有人向我建议'你去学习吧！不过，为了你去学习，每到星期天，我们要在尼古拉耶夫广场用棍棒打你一顿'，就是这种条件，我一定会接受的。"

由于高尔基孜孜不倦地追求着知识，他后来成了一个见多识广的、对俄国文学史及世界文化具有重大影响的百科全书式的思想家、革命文豪。他创作了表达时代精神、歌颂革命理想、洋溢革命激情的战斗诗篇《海燕》，在当时起到了巨大的宣传作用。

坚持不懈
——在逆境中抬头的力量

只要不死天天练

在卓越的表演艺术家盖叫天的居室里，曾挂有这样一块横匾，上面是著名书画家黄宾虹先生手书的 3 个大字："学到老"。提起它，还有一段故事呢。

13 岁时，盖叫天得了一场大病，迫于生计，还没完全康复就得赶去演《花蝴蝶》，戏里要翻 3 张台子。他白天去寺庙，回来时看见路边一个小亭挂着写有"学到老" 3 字的横匾，就细细揣摩，暗暗许愿："要是今晚不摔死，能太太平平下得台来，今后我一定天天练功学习，一天不断，一直学到老。"日后，他牢记着这句话，并悬挂家中以督促自己。

盖叫天之所以能在表演艺术上有所成就，卓然成家，创造光辉的业绩，确实是与他勤学苦练分不开的。在他的艺术生涯中，他经历了许多人难以相比的艰辛和苦斗。为了表演艺术，他忠心耿耿、鞠躬尽瘁、锲而不舍、精益求精。1934 年他在上海演《狮子楼》时，折断了右腿，他坚持用左脚独立直到大幕闭上。谁知诊治时庸医将腿骨接错形成畸形，为了保住艺术生命，他又将腿骨击断重接，在戏剧史上留下佳话。

他幼功深厚，学武生，也学老生，见多识广。中年以后，他又深入钻研武生戏的人物形象创造，着力在武戏文唱上下功夫。他夏练三伏，冬练三九，至老不辍。并且他不是死练功，而是时时在思索、在学习，博采众家之长。因此，他年纪越大艺术越成熟，终于在武生流派中形成了他独有的现实主义艺术风格，被誉为"快起来如燕掠波，舒缓之处像春风拂柳；动起来像珠走玉盘，戛然静止就像奇峰迎面"。

1957年春，周总理陪外宾到杭州。上午盖叫天去宾馆看望总理，下午，周总理撑着雨伞步行到盖叫天家中回访，称赞了他"勤学苦练，几十年如一日，活到老，学到老"的精神。

坚持不懈
——在逆境中抬头的力量

终有达到目的的一天

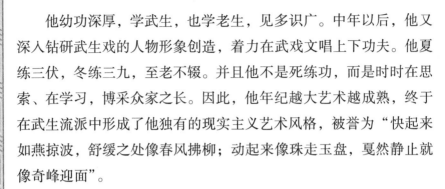

世界进步的历史是由那些不愿向失败者俯首称臣的人写下来的。

——西祖

著名文学史家、散文家、鲁迅研究家唐弢说："无论读书做事，都要磨砺以须，不急于求成，经过一段时间的埋头苦干，终有达到目的的一大。"

唐弢，1913年3月3日出生在浙江镇海一个农民家庭，几代都不识字。13岁时到了上海一个远房姑父家，在那里他系统搜读

《南社丛刊》和《国粹丛书》。《国粹丛书》收录的是宋至清历代名儒节士、遗民的著作,有的是文集,有的是史乘。那时唐弢开始注意历史——尤其是明史。后来他先后住在和亲戚有关的 3 家店铺里,与店员和学徒同住在店铺后面的阁楼或者堆栈。他白天去上学读书,晚上回来也不怕店员和学徒的干扰,依然埋头读书。唐弢就读的学校是英国人办的,聘请名儒为师。别的同学每篇文章五六百字,他有时写到三四千字。他勤学苦练,文学功底日渐深厚。由于家贫,他读到初中二年级被迫辍学。

唐弢 16 岁时,考入上海邮局当了邮务佐(拣信生)。邮局附近有一个全国闻名的东方图书馆,他一有空就钻进图书馆吸吮知识养料。

唐弢从 20 岁起,在鲁迅先生的影响下,开始从事散文和杂文的写作。他锲而不舍、持之以恒,出版了《投影集》《落帆集》《晦庵书话》《海山论集》和《莫斯科抒情及其他》等著作。

唐弢曾写道:"我并没有放松从各方面试验对风格的追求。""一个作者的最大敌人,正是他自己铸成的模型,他必须时时努力,从已定的模型里跳出来。为了解脱这灵魂的羁绊,我至今还在挣扎。这挣扎是没有完的,持之以恒的。"

第三章

在勤奋中站立

勤奋一生的刘伯承

> 有两种东西，我们对它们的思考愈是深沉和持久，它们所唤起的那种愈来愈大的惊奇和敬畏就会充溢我们的心灵，这就是繁星密布的苍穹和我心中的道德律。
>
> ——康德

刘伯承，原名刘明昭，1892 年生，四川开县（今重庆市开州区）人。1926 年 5 月由杨闇公、吴玉章介绍，加入中国共产党。长征途中，他先后指挥了强渡乌江、智取遵义、巧渡金沙江、强渡大渡河等战役，战功卓著。解放战争时期，他与邓小平一起率领 12 万大军南渡黄河，挺进中原，揭开了战略进攻的序幕。后在淮海、渡江、解放西南等重大战役中表现出卓越的军事才能。1955 年被授予元帅军衔。

刘伯承年轻时，在国内一直学习英文。35 岁那年，他赴苏联学习军事，当时他连一个俄文字母也不认识，硬是靠用功和细心地研究语法规律，把俄文学通了。他的记忆力惊人，青少年时期读过的《古文观止》，几乎是篇篇能背。

刘伯承曾说过："廉隅的品行，要靠平时俭朴的生活养成。"所以他始终保持着俭朴的生活，在工作上廉洁奉公，在政治上无私无畏。他的棉鞋穿了很多年，补了好几次还在穿。他身上的毛衣破了，他的夫人给他买了件新毛衣，可他说："穿着干净整齐就行了。我的毛衣补补还可以穿嘛，不要买新的。"

他工作很忙，但非常关心每个孩子。他把他年轻时用于自勉的话写在一张书签上给了儿子刘蒙。书签上写着："人一能之，己十之，人十能之，己百之。"一个人可以用勤奋来弥补自己的不足，这就是"勤能补拙"的道理。刘伯承就是这样用自己的高贵品质去影响和教育下一代的。

勤学苦练见奇功

> 一个客观的艺术不只是用来看的，而是活生生的。但是你必须知道如何去靠近它，因此你必须要做到静心。
>
> ——奥斯克

晋朝时期，我国出了一位大书法家。他的名字叫王羲之，字逸少，有"书圣"之称。因为官至右军将军，人们又称他王右军。

王羲之的字写得非常好，被历代书法家推崇。他的字笔势流畅，气势矫健，正如《晋书·王羲之传》上赞许的那样："飘若浮云，矫若惊龙。"意思是说，流利的笔画就像天空流动的彩云那样轻松，矫健的笔法就像飞动的蛟龙那样有力。

王羲之的书法为什么能够取得那样高的成就呢？这并不是因为

他是什么天才，而是勤学苦练的结果。

王羲之年轻的时候，看见过东汉张芝的书迹。张芝的草字写得很好，被人们称为"草圣"，当时还流传着许多张芝苦练书法的动人传说。

张芝家里做衣服用的绢帛，总是先被张芝用来练字，写得实在没法再写了，然后再染上色做衣服。张芝就着一个池塘的水练书法，磨墨蘸笔；写完字，又在池塘里涮笔洗砚。这样，久而久之，那池塘的水也变成了黑色。

王羲之看了张芝的字，听了张芝的这些传说，非常感动。他决心向张芝学习，努力赶上张芝。在他给自己的朋友写的一封信里，就曾这样说："张芝临池学书，池水尽黑，使人耽之若是，未必后之也。"

这意思是说：张芝借着池塘的水练习书法，连池塘里的水都变黑了。这说明他下了多少苦功夫啊！如果人们酷爱书法爱到这么深的地步，是不一定赶不上张芝的。

王羲之的这段话说得何等好啊！他既看到了前人的长处，又不盲目崇拜前人，而是决心赶超前人。

王羲之不折不扣地实践了自己的诺言，并且确实达到了学习前人、超过前人的地步。因此，关于王羲之练习书法的传说也就多起来了。

在江西省的临川城东面，有一座新城山，山上有一个长方形的池子，人们传说，那就是王羲之练习书法时用过的墨池。

在浙江省永嘉县的积谷山上，也有一个池子，人们传说，那也是王羲之练习书法的地方。宋代的书法家米芾，根据人们的传说，在池塘旁边题刻了"墨池"二字。

还有，在江西省庐山的归宗寺里，也有一个池子，传说那也是王羲之的洗墨池。

以上这些传说，不一定都是真的，但这表明，古人极为赞赏王羲之这种勤学苦练的精神。北宋的大散文家曾巩，就很赞许王羲之的这种勤学苦练的精神，并写了一篇《墨池记》表达自己的看法："羲之之书晚乃善，则其所能，盖亦以精力自致者，非天成也。然后世未有能及者，岂其学不如彼邪？则学固岂可以少哉！况欲深造道德者邪？"

　　意思是说：王羲之的书法艺术，到了晚年才达到了登峰造极的境界。这样看来，他是靠坚韧不拔的精神才获得成功的，并不是他生来就有这种书法艺术的天赋呀！可是，后代的人没有几个可以达到王羲之的水平的。这难道不足以说明，后人勤学苦练的功夫赶不上王羲之吗？看来，勤学苦练的精神肯定是不能缺少的。

挺起不屈的脊梁

第四章

尽最大的努力

> 只要你想象得到，你就能做到；只要你能梦见，你就能实现。
>
> ——威廉·雅瑟·渥德

公元前 349 年的一天，雅典的公民大会正在紧张地进行着。一个身穿紫袍、商人模样的人正在比手画脚地向公民们发表演讲，这个极力主张希腊各邦联合起来，共同反对腓力二世扩张的青年演说家就是德摩斯梯尼。

德摩斯梯尼出身于一个比较富裕的雅典公民家庭。他关心国家大事，想要成为一名政治家。要当政治家，就要具备演说才能。而对于这，他是缺乏天资的。他天生口吃，声音微弱，说话时还有爱耸肩膀的习惯。为了克服这些缺点，他尽了极大的努力。为了纠正口吃，他把小石子含在嘴里，迎着风浪说话；为了使声音洪亮，他常在海滩上，迎着狂风怒涛放声朗诵，力图用自己的声音压倒风浪的响声；为了克服爱耸肩膀的毛病，他在头顶上悬挂一柄剑或一把铁权，迫使自己不得耸动肩膀；为了提高自己的文学修养，他认真研究了希腊的诗歌、神话，研究了一些名人的著作。据说，仅修昔底德的《伯罗奔尼撒战争》，他就抄写过 8 遍。他特别注意学习当时蜚声讲坛的演说大师柏拉图的演说方法。最后，他终于成了一位著名的政治演说家。

德摩斯梯尼 30 岁开始参加政治活动，当他登上政坛之时，雅典等希腊城邦发生了危机。与此同时，北方的马其顿在国王腓力二世的治理下迅速崛起，对雅典城邦造成了严重的威胁。为了反对腓力二世的扩张，他多次登上雅典公民大会的讲坛，运用全部的演说才能，揭露腓力二世的侵略行径，批评雅典人的怯懦，激起公民们的爱国热情。

据说，他反对腓力二世的演说连腓力二世本人读了后都赞叹不已地说："如果我听了德摩斯梯尼的演说，我也会投票赞成选举他当我们反对者的领袖的。"

把暗淡人生变辉煌

> 过去的事已经一去不复返。聪明的人是考虑现在和未来，根本无暇去想过去的事。
>
> ——培根

爱尔兰作家克里斯蒂·布朗出生不久便患了严重的大脑瘫痪症。这是一种自己痛苦、别人看了也痛苦的病。一直到 5 岁，小布朗还不会说话，头部、身躯、四肢也都不能活动，父母带着他四处求医，可情况始终没有什么好转。最后连家里人也失去了信心，认为他可能要这样过一辈子了。

有一天，躺在床上的小布朗正看着妹妹用粉笔画画玩。忽然，他伸出了自己的左脚，把妹妹手里的粉笔夹了过来，在床沿上乱画起来。

妹妹大声哭喊："给我粉笔！给我粉笔！"哭喊声招来了妈妈。妈妈的眼光没有停留在妹妹身上，而是落在了小布朗的左脚上。她高兴地惊叫道："他的左脚还能动！"

真是喜从天降啊。母亲认为自己的儿子还能在社会上生存下去，开始教他用左脚写字。布朗并不笨，他第一天便跟妈妈学会了英语字母"A"。1年后，26个字母他都能用脚写下来了。

他继续刻苦学习，除了写字，还会看书。全家人省吃俭用，节省下钱来为布朗买儿童读物和文学名著。布朗对文学作品表现出了浓厚的兴趣。

随着布朗一天一天长大，他慢慢能说话了。他想要写信、做读书笔记，还想试着练习写作。这样一来，笨拙的左脚趾就不太能胜任了。他对妈妈说他想要一台打字机。

妈妈迟疑地对布朗说："孩子，买了打字机，你怎么使用呢？你没有健全的手啊！你能学会用脚趾打字吗？"

布朗回答妈妈说："是的，妈妈，我没有健全的手，但我有一只健全的脚，我要成为世界上第一个用脚趾打字的人！"

母亲想方设法替儿子买了一台旧打字机。布朗把打字机放在地上，自己半躺在一把高椅上，用左脚按动键钮。他像着了迷一样，整天练习。累了，就用左脚趾夹住笔画画。

由于脚趾掌握不好打字的力度，所以刚开始打出的字，不是模糊不清，就是打烂了纸。但布朗一点儿也不灰心。他仍然着迷似地坚持练习，不管是炎热的夏天，还是寒冷的冬天，他都没有停止练习。

他的左脚趾长出了老茧。终于，他打出了力度适中、清清楚楚的字，而且还能熟练地给打字机上纸、退纸，还能用左脚趾整理稿件。

布朗学会打字后，写作的愿望变得更加强烈。他把自己想写一部小说的想法告诉了母亲。母亲知道儿子是个有决心、有毅力的人，她也理解儿子的心情，可她知道写作比学习打字不知要难上多少倍，她担心儿子一旦失败会承受不了心灵上的创伤，她不想让这个不幸的孩子再受什么伤害，平添许多痛苦。另外，她也觉得，儿子还是个小孩子，没有多少生活阅历，有什么可写的呢？于是她劝慰布朗："孩子，你有雄心壮志，妈妈很高兴。但是，人生的道路是很曲折的，不像你想的那么简单，万一失败了怎么办呢？我看你还是好好休养，读读小说，画画图画，玩玩打字机就行了，不要想得太多了。你现在年纪还小，等以后再说吧！"

"妈妈，人活着就应该有所追求。我是一个残疾人，丧失了生活中的许多乐趣，别人也看不起我。我要奋斗，我要让人们知道，我不是一个多余的人。"

布朗躺在床上，静静地回忆着自己自记事以来不幸而坎坷的人生经历，决定一定要把自己的生命历程写成一部自传体小说。他在心中酝酿着。

过了几个月，布朗终于用他的左脚打出了他第一部小说第一章的初稿。

他首先把它念给母亲听。母亲被小说主人公的痛苦遭遇和坚强性格深深打动，她流着泪听儿子念完，然后把儿子紧紧搂在怀里，对儿子说："孩子，一定要坚持下去，我相信你会成功！"

不知写了多少个日日夜夜，不知费了母子俩多少心血，不知克服了多少常人难以想象的困难，不知经历了多少次的失败和挫折。终于，在布朗21岁的时候，他的第一部自传体小说问世了。他把它取名为《我的左脚》。他想在小说的标题中，就开门见山地告诉人们：我的左脚支撑起了我的整个生命，我的左脚在创造着自己不屈不挠的生活。

　　布朗虽然只能用左脚来写小说，但这并不妨碍他在文学创作的道路上不断拼搏。十余年后，他的又一部自传体小说《生不逢时》也出版了。这部小说感情真挚，哲理深刻，故事情节非常动人，语言像诗一般优美，一出版便震动了国内外文坛，成为一部畅销书。许多国家翻译出版了他的这本书，有的国家还把它改编成了电影。布朗在妻子无微不至的照顾下，于1974年出版小说《夏天的影子》，1976年发表小说《茂盛的百合花》。另外，在1972—1976年间，布朗还创作出版了3本诗集。克里斯蒂·布朗写的最后一部小说是《锦绣前程》。

　　克里斯蒂·布朗仅仅活了48岁。可他在短短的几十年里，靠顽强的意志、坚持不懈的精神同命运作斗争，用一只左脚把原来暗淡的人生变得辉煌。他的左脚不仅写出了小说，还写出了人类战胜困难的力量和精神。

为了民族的解放

> 　　这个世界总是充满美好的事物，然而能看到这些美好事物的人，事实上是少之又少。
>
> 　　　　　　　　　　　　　　——罗丹

　　反英武装大起义的著名领袖马赫迪原名叫穆罕默德·艾哈迈德。1844年，艾哈迈德出生于苏丹栋古拉省拉巴卜岛一个贫苦的造船工人家庭，父亲早逝，他和几个哥哥在尼罗河上游过着流浪生活。

艾哈迈德从儿童时代起就很想读书，后来终于找到一个机会，在一所古兰经学校求学。他发愤学习，成绩名列前茅。艾哈迈德是一个具有反抗精神的年轻人。据传，有一次他公开拒绝吃学校发给学生的口粮，因为他认为这些口粮是政府从穷人那里横征暴敛得来的，直到老师向他保证，这是自己地里种出来的，他才同意就餐。他的这一举动，轰动了全校。艾哈迈德对现实社会的种种腐败弊政更是愤愤不满。有一次，他的师父穆罕默德·沙里夫教长为儿子举行排场极为豪华的割礼仪式，艾哈迈德也参加了这次仪式。他不满这种情景，当即向师父提出异议。最终，他因冒犯了师父，被革出教门。艾哈迈德并没有屈服，相反，这更坚定了他同腐朽势力作斗争的决心。

1871年，艾哈迈德到阿巴岛定居，以传教方式在群众中进行宣传和组织工作。他通过宣讲《古兰经》教义，在民间宣传朴素的平等观念，主张在真主面前人人平等。他猛烈谴责一切富人、教长、官吏和外国入侵者的贪婪、残暴，号召人民拒绝纳税，团结起来驱逐外国侵略者，深得人民的拥护。

19世纪70年代的苏丹，处在英国殖民者和埃及封建主的双重压迫下，人民生活极为痛苦。家境的清贫，民族的灾难，在艾哈迈德的心灵打下很深的烙印。他同情民众疾苦，仇恨外国统治者。

1881年，艾哈迈德经过长期的准备工作，利用伊斯兰教关于马赫迪（即救世主）出现的传说，宣称自己就是"救世主"马赫迪，号召人民起来和"邪恶势力"作斗争，在人间建立真正的伊斯兰信仰和实现人间正义。他散发宣言，公开宣布要推翻统治阶级，建立一个"普遍平等、处处公正的美好社会"，提出"宁拼千条命，不缴一文税"的口号，这个口号，对生活在水深火热之中的苏丹农民

坚持不懈
——在逆境中抬头的力量

具有极大的号召力，鼓舞他们同本国反动统治者和英国殖民侵略者进行英勇的斗争。

艾哈迈德的这一行动，使反动当局极为惊恐，苏丹总督派人去阿巴岛，要求艾哈迈德立即放弃"救世主"的称号，停止"叛逆"行动。艾哈迈德严正回答说："除了受命于神的权威之外，不承认任何权威。"统治当局派了两连武装来捕捉艾哈迈德。艾哈迈德以马赫迪的名义，号召人民拿起武器，进行"圣战"。他组织了一支以农民、手工业者为主体的300多人的起义队伍，手执长矛、鱼叉和棍棒，严阵以待。

1881年8月12日凌晨，当政府军偷袭马赫迪所在的村庄时，埋伏在四周的起义者，出其不意地冲杀出来，打死官兵100多人。马赫迪武装起义正式开始，这是一次争取社会解放的起义。

初战胜利后，马赫迪的起义队伍转移到地势险要的卡迪尔山区，建立根据地。接着，他向各地派密使、发书信进行广泛宣传鼓动，号召均贫富、反压迫，赶走英国侵略者。

反动派为消灭起义者，多次派重兵围剿卡迪尔山区，均遭惨败。1881年底，法绍达省长拉希德指挥1400多人的"讨伐军"，前去袭击起义军，结果全军覆没。1882年6月，一支3500人的"讨伐军"在优素福·帕夏的率领下，气势汹汹地向根据地扑来，结果，中了起义军的埋伏，又被全部歼灭，优素福当场毙命。两次大胜仗，极大地鼓舞了广大人民群众的斗志，起义队伍迅速扩大。

1882年9月至1883年初，马赫迪率领他的主力军，向苏丹第二大城市乌拜伊德发起进攻。事先，他曾派出3名使者向该城统治者招降，均被活活绞死。统治者的残暴，激怒了起义的群众，在为战友报仇的口号声中，起义军直扑该城的西南角，马赫迪身先士卒，奋勇杀敌。经过3个多月的艰苦战斗，1883年1月17日，终于攻克了乌拜伊德城。英国殖民者惊恐万分，先后从埃及派遣5万

第四章

挺起不屈的脊梁

多士兵到苏丹参战。这年9月，英军1.1万余人在希克斯将军的率领下，侵入苏丹，准备夺回乌拜伊德城。马赫迪采取坚壁清野、切断后路、打进敌军内部进行分化瓦解和设埋伏圈袭击等办法，使敌军陷入绝境。在城南的希甘会战中，英军终于被马赫迪的军队所歼，希克斯被击毙。此后，革命的烽火席卷苏丹的西部和南部。

1884年1月，英国殖民者派出老奸巨猾的戈登任苏丹总督。戈登一到苏丹，就散布谎言，说他同情苏丹人民，将下令给苏丹"独立"。他还写信给马赫迪，要与马赫迪交"朋友"，"共商"苏丹大事。马赫迪当即回信，坚决地表示："我是众所期待的当之无愧的马赫迪，是先知的继承人，我无须接受你委以的……君主之任""向我们投降，你才有生路"，表现出一个革命者崇高的民族气节。与此同时，马赫迪继续扩大反英武装队伍，决心消灭戈登的军队。

1884年8月，马赫迪率军4万，向总督府所在地喀土穆挺进。10月22日，起义大军抵达距喀土穆不远的恩图曼城下。经过两个多月的鏖战，起义军终于在1885年1月26日攻陷了喀土穆城，苏丹人民的死敌、曾经镇压过中国太平天国运动的刽子手戈登，被起义战士用长矛刺死在总督府前。

马赫迪在起义中，和士兵同甘共苦，实行军事民主，缴获的战利品一律上交国库，不享受特权，作战机智多谋，屡战屡胜，深得人民的拥戴。正当抗英斗争取得节节胜利的时候，1885年6月，马赫迪不幸患病逝世，终年41岁。马赫迪逝世后，在总指挥阿卜杜拉的领导下，武装起义继续进行。

马赫迪起义沉重地打击了英国殖民主义者，是非洲近代反帝斗争史上的重要篇章。马赫迪也被苏丹人民尊为"独立之父"。

挺起胸脯过日子

世界卓越的电机工程师卡尔·斯坦麦茨生下来就是残疾的，左腿不能伸直，背部隆起。但医生叫他父亲放心："他能活下去的，不要紧。"

他的父亲卡尔·海恩里奇一听此话，挺起胸脯说："哦，他会活下去就行。"

斯坦麦茨一家人一贯都是这样挺起胸脯过日子的，尽管面前障碍重重，承受着绵绵不绝的苦难，但他们都靠着机灵和肯干活过来的。现在也不会为这呱呱坠地的新来的小客人担忧："他总会想方设法对付下去的。"

在不到一年的时间内，小卡尔就必须在失去母亲的情况下对付着活下去。他的父亲是一条铁路上的工人，把他寄养在祖母家里。在布雷列斯劳城的多文齐恩街的一间大房间里，调皮的孩子和他祖母玩着，他学会了如何最大限度地从祖母的宠爱中捞取好处。她给他讲波兰本乡的民间故事，也讲《圣经》里的关于古代希伯来的黄金和雄伟城市的故事。

"祖母，我们也有奇迹般的城市，不是吗？"小孩问。

"也许我长大后，也可以帮助建立一座这样的城市。"

他用积木搭起了一座《旧约》里的所罗门王的宫殿。当祖母不在旁边的时候，他在里面点起一支蜡烛去"照亮它"。但火焰点燃了木块，眼看要烧成大火，祖母才赶来用水浇灭了火。木宫殿里一片汪洋。

卡尔又难过又害怕。原来，太多的光亮会发生这样的结果。长大以后，他就思考着如何弄到光明，照亮宫殿，而又不致把它烧成灰烬。

他进小学的时候，可以说还像个婴儿。只有 5 岁他就开始学拉丁文动词语法，7 岁学希腊文和一点儿希伯来文。8 岁时，他的代数和几何知识已经有一定的基础。他念完了 10 年制学校，紧张地等待毕业大典的到来。

当时的习俗，要求毕业班全体学生穿好礼服，坐在台上，参加口试。卡尔买不起礼服，就租了一套。但是在隆重礼仪的那天早上，学校布告栏上贴了一张布告：

"卡尔·奥古士特·鲁多尔夫·斯坦麦茨，由于成绩特别优异，免于参加口试。"

他慢慢地把礼服折叠起来放好，两颊流下了热泪。他知道免他口试是因为他是个残疾人，老师们认为在大庭广众下让这个学生上台不体面。但是，在那么多学生中，老师单把他挑出来，这只能增加他的痛苦和孤独感。

从此，卡尔·斯坦麦茨一生一世再也不穿礼服了。

在他进布列斯劳大学后不久，他就表现出惊人的才智。他的教授们对他玩弄数字的魔术般的本领大为惊讶。同学们对于他的"高深莫测的心眼"，倒真的有几分害怕。

在瑞士苏黎世，他依仗撰写天文学的文章来赚取微薄的收入。他在工业综合大学读书，和一个同学住在市镇边上最后一条街最后一幢房子的最高一层的楼上。这里出现了他一生最重要的转折点。跟他同住的一个同学告诉他："假如你到美国去，你会丢掉你对于政治的重视，而专心致力于数学。在美国，他们迫切需要工程师。"

终于到了美国。这位貌不惊人的年轻残疾人，一拐一拐地走到纽约的闹市，身上只有几封给几家电器公司的介绍信以及一套数学符号作为他的资本，此外就只有随身带来的满腔希望。他搬进布鲁克林一间廉价的住房，并立刻开始找工作。他找了爱迪生电气公司的总工程师，结果得到的是一个粗鲁的回绝："这些日子来美国的工程师太多了！"

他又访问了鲁道夫·艾赫迈尔的制造厂。秘书把他当作一个流浪者，正准备赶走，恰巧这时艾赫迈尔先生走进了办公室。鲁道夫·艾赫迈尔仁慈地望着他说："过一个星期再来看看，也许有一个工作机会。"

真的有一个工作机会——一星期 12 美元的绘图师位置。

不到 3 年，卡尔·斯坦麦茨就依靠自己的努力脱颖而出了。

1892 年 1 月，在美国电机工程师协会的一次会议上，一个不知名的会员走上讲台，然后用他蹩脚的英文，吃力地向大家宣读了一篇数学论文。在这篇论文里，他明确地阐述了精确的电流滞后定律，从此再也不需要盲目地制造发电机了。卡尔·斯坦麦茨已经驯服了电力，使之为人类服务。

1901 年，斯坦麦茨当选为美国电机工程师协会的会长。次年，哈佛大学授予他名誉博士学位。哈佛大学校长埃里奥特致词说："我将此学位颁赠给阁下，作为美国最卓越的、也是世界最卓越的电机工程师，阁下获此荣誉当之无愧。"

被认定的庸才

> 休息并非无所事事，夏日炎炎时躺在树底下的草地，听着潺潺的水声，看着飘过的白云，亦非浪费时间。
>
> ——约翰·罗伯克

加西亚·马尔克斯是哥伦比亚著名作家、1982 年诺贝尔文学奖得主、《百年孤独》作者。

当他被全球 18 位权威文学评论家推选为当今世界最伟大的 10 位作家之首的时候，他面对报界的采访，却说了一段出乎众人意料的话："我非常感谢诸位尊敬的文学评论家对我的厚爱和鼓励，我非常珍惜随着我的声誉而来的各种荣耀。但是，我更珍惜从我童年起就经受的种种打击、挫折乃至失败。我至今仍然清楚地记得伟大的编辑吉列尔莫·德托雷先生，是他毫不留情地退回了我的第一部小说……"

原来，早在马尔克斯 27 岁那一年，他就呕心沥血完成了第一部小说《枯枝败叶》。今天的文学评论家对这部书的评价非常高，但是，在当时这部书稿却屡遭厄运。当他把这部书稿送到阿根廷布宜诺斯艾利斯著名的洛萨达出版社后不久，便收到该社审稿编辑、西班牙著名文学评论家吉列尔莫·德托雷寄来的退稿，其中还附有一条措辞生硬的评语："此书毫无价值，但艺术上似乎有可取之处。"

另外，这位编辑还忠告马尔克斯：最好改行从事其他更有价值的工作。在这位编辑的眼里，马尔克斯在文学方面不是天才，而是个庸才。

马尔克斯说德托雷是伟大的编辑是出自内心的，在他看来，德托雷的伟大在于他硬是逼出了个伟大的作家。

德托雷的退稿，反倒把马尔克斯逼上了梁山。他不服气，在挫折与失败面前，咬紧牙关，逆风而行，顶浪而上，最终攀登上了世界文学的高峰，成为了伟大的作家，摘取了诺贝尔文学奖的桂冠。

忍常人之所不能忍

> 你就是自己的情感、思想、行动和意愿的综合体，你有权利感受，你有权利选择，你更有保持自我的权利。
>
> ——维斯冠

汉初名将韩信年轻时家境贫穷，他既不会溜须拍马做官从政，又不会投机取巧买卖经商。他整天只顾研读兵书，最后连一天两顿饭也没有着落，只好背上家传宝剑，沿街乞讨。

有个年轻的屠夫看不起韩信这副寒酸迂腐相，故意当众奚落他说："你虽然长得人高马大，又好佩刀带剑，但不过是个胆小鬼罢了。你要是不怕死，就拿剑刺我；要是怕死，就从我胯下钻过去。"说罢双腿架开，立了个马步。众人一哄围上，且看韩信如何应对。

韩信认真地打量着屠夫，想了想，竟然弯腰趴地，从屠夫胯下钻了过去。街上的人顿时哄然大笑，都说韩信是个胆小鬼。

韩信忍气吞声，闭门苦读。几年后，各地爆发反抗秦王朝统治的起义，韩信闻风而起，仗剑从军，争夺天下，威名四扬。

韩信忍胯下之辱而图盖世功业，成为千秋佳话。假如他当初争一时之气，一剑刺死羞辱他的屠夫，按法律处置，那就会用盖世将才的命去抵偿无知狂徒的命。韩信深明此理，宁愿忍辱负重，也不愿争一时之短长而毁弃自己长远的前程。

扼住命运的咽喉

> 没有德行的美貌，是转眼即逝的，可是因为在你的美貌中，有一颗美好的灵魂，所以你的美常在。
>
> ——莎士比亚

德国伟大的音乐家贝多芬诞生于欧洲封建社会崩溃、资本主义崛起的时代。他集古典派的大成，开浪漫派的先河。他是时代的歌手、不朽的大师。

他的一生是坎坷不平的。1820 年，正当他准备以充沛的精力、饱满的热情献身于他所热爱的音乐事业时，由于患耳病，他失去了听觉。他陷入极大的痛苦之中，感到绝望，甚至想到过自杀，连遗嘱都写好了。但是经过思想斗争以后，他坚强地活下来了。他说："我要扼住命运的咽喉，它休想使我屈服。"

他没有灰心，没有气馁，坚韧不拔地与命运进行着搏斗。这艰苦搏斗的时期，也是他一生中创作力最旺盛、成就最辉煌的时期。他一生中成就最卓著的9部交响曲都是他在患了耳疾、听力减退的情况下完成的。

贝多芬的晚年是很悲惨的。他体弱多病，经济拮据，由于失聪，与别人交谈只能依靠笔纸。他一生献身于音乐事业，始终没有结婚，没有家室。亲友去世了，朋友离开了。尽管如此，他在晚年仍创作了许多优秀的作品。1823年完成的《第九交响曲》就是其中的一部杰作。

《第九交响曲》首次在维也纳公演就获得了巨大的成功。欢呼声、鼓掌声震撼着音乐厅，但是贝多芬却什么也听不见。女高音歌手把他搀扶到台前，音乐厅里顿时沸腾起来，有的人向他扔帽子，有的人兴奋地跺地板，有的人则因激动过度泪流满面。欢呼声、鼓掌声刚落又起，一连5次都不停息。维也纳是个讲究礼仪的城市，皇帝出场才鼓掌3次，这是最隆重的欢迎仪式。而此时，对贝多芬的欢迎远远超出了对皇帝的欢迎，充分表达了人们对这位命运强者的由衷敬仰。

第五章

在追求中立身

追问事情的究竟

天刚发亮，少年沈括就约齐几个伙伴，要一起到城外的山林里去。母亲不明白，儿子这么早去干啥呀。沈括告诉母亲："我要去深山亲眼看看，为什么'人间四月芳菲尽，山寺桃花始盛开'。"这两句诗是他昨天在书上读到的。母亲知道儿子是从来不会放过任何一个弄不明白的问题的，也就不阻拦他，往儿子的手上塞过一件小棉袄说："山里冷，带上吧。"

沈括一行兴致勃勃地爬上高山。深山里，红艳艳的桃花开得正艳。伙伴们争论起来，有的说，山下的桃花早谢了，这里的桃花才开是因为桃树的品种不一样；有的说，也许桃花开花没有规律，想什么时候开就什么时候开……争论没有结果，大家互不服气。一阵寒风吹来，大家都觉得凉飕飕的，沈括赶紧穿上了母亲给的小棉袄。刚才大家争论时，沈括一言没发，他觉得伙伴们的话都说服不了人。

回去的路上，深山的寒意渐渐地消失了，沈括反复思考，得出了山里山外的桃树为什么不同时开花的结论，他认真地对伙伴们说："桃花的开花时间我想是和地势、气温有关系，山里地势比平

109

原高，气温比较低，所以植物开花就比较迟，这是地气不同的缘故。"伙伴们认为这个解释很有道理。

沈括就是这样，对任何事情都有一股子钻劲，对不懂的问题非要弄个明白，再加上他从小读了许多书，所以他很早就以博学多才而闻名。

沈括博览群书，但并不迷信书本，而更注重实践。有一次，他读《汉书·地理志》时，读到"高奴县（今延安一带）有洧水，可燃"这句话。当时他不知道洧水是什么东西，后来他到这个地方任知州，就特地进行考察。他找到了这种"洧水"，了解到它是从沙石缝中渗出来的一种褐色液体，当地人叫它"石漆""石脂"，用它做饭、点灯和取暖。沈括也采了一些回来。晚上，他把它点燃观察，觉得它燃烧起来同燃烧麻类一样，可是烟特别重，把屋子都熏黑了。沈括灵机一动，想这黑乎乎的烟炱又厚又亮，可以用来写字呀！他把烟炱收集起来，制成了墨，果然可以用来写字。沈括还给这种可燃液体取了一个新的名字，叫"石油"。这个名字一直被沿用到今天。他还预言：石油这种东西，以后一定会"大行于世"。果然，石油作为一种重要的能源，已在世界上得到广泛应用。

在科学研究中，沈括有许多重大的发现，取得了很大成就。有一次，沈括在太行山考察，发现许多堆积在一起的螺蚌壳和卵石。这海里的东西怎么在山上呢？他经过分析后认为，这里在古时候一定是海滨，现在的陆地是由泥沙沉积而成的。沈括的这个科学论断在世界上领先了好几百年。

在晚年，沈括把自己一生从事科学研究的体会和成果写成一本书，它就是洋洋 30 大卷的《梦溪笔谈》，它的内容涉及天文、地理、数学、化学、生理学以及科技诸多方面，被世人赞誉为"中国科学史上里程碑"。

绘出好用的地图

　　231 年的一天，在一个朝廷官员的家里，几个学究模样的人正在一起欣赏一篇文章。他们一边看一边赞叹："真想不到，真想不到啊！"为什么想不到呢？因为那篇文章是一个八岁的孩子写的。这个孩子叫裴秀。

　　裴秀出生于一个官僚世家，从小接受良好的教育，不但才智过人，品行也很出色，因此远近闻名。三国归晋，司马炎当了晋朝皇帝以后，任命裴秀担任司空。司空是掌管工程的官，也掌管国家的地图和户籍人口。

　　有一次，裴秀要了解全国土地人口的变动情况，就查看了前人绘制的《天下大图》。这是一幅全国地图，用 80 匹细绢绘制而成，查阅时要好几个人抬着，而且要花几天的时间才能看完一遍。裴秀觉得这地图实在太笨重了，使用起来真不方便。他想，要是有一幅小型的地图，查阅时能一目了然，就要方便得多。而且，这幅大图是前人所绘，有的地方也需要修改了。

　　有了这个想法，裴秀就把这件事放在了心上。他琢磨着，要把地图画小，关键在于比例。经过一段时间的尝试，裴秀把《天下大图》缩绘成了《地形方丈图》。《地形方丈图》一丈见方，原图中的山川河流、村庄城镇都清清楚楚地标在上面。

经过多年的探索和实践，裴秀总结出了六条制图规则，这就是"制图六体"。其中最主要的是比例和方位，其次是道路的距离、地势的起伏和倾斜缓急、山川的分布和走向。裴秀的"制图六体"为我国的制图学奠定了科学基础。

下一次就是你

> 当批评减少而增多鼓励和夸奖时，人们所做的好事会增加，而不好的事会受到忽视而萎缩。
>
> ——卡内基

有一个女孩对足球十分痴迷，一个偶然机会，她被父亲送到了体校学踢足球。

在体校，这个女孩并不是很出色的球员，因为此前她并没有接受过规范的训练，踢球的动作、感觉都比不上先入校的队友。女孩上场训练踢球时常常受到队友们的奚落，说她是"野路子"球员，女孩为此很难为情。她也想踢好球，然后进入职业队。进入职业队打上主力是每个队员的目标。职业队也经常去体校挑选后备力量，每次选人时，女孩都卖力地踢球，然而终场哨响，女孩总是没有被选中，而她的队友已经有不少陆续进了职业队，没选中的也有人悄悄离队。

于是，平时训练最刻苦认真的女孩便去找一直对她赞赏有加的教练，教练总是很委婉地说："名额不够，下一次就是你。""下一次就是你"这句话就像黑夜中的一盏明灯，使天真的女孩似乎看到了希望，树立了信心，又努力地接着练了下去。

一年之后，女孩仍没有被选上，她实在没有信心再练下去，她认为自己虽然场上意识不错，但个头太矮，又是半路出家，再加上每次选人时，她都迫切希望被选中，因此上场后就显得紧张，导致平时训练水平发挥不出来。她为自己在足球道路上黯淡的前程感到迷茫，就有了离开体校放弃踢球生涯的打算。

这天，她没有参加训练，而是直接找到教练并告诉他说："看来我不适合踢足球了，我想读书，想考大学。"教练见女孩去意已决，默默地看着她，什么也没说。令人没想到的是，第二天女孩却收到了职业队的录取通知书，她激动不已。其实，她骨子里还是喜欢着足球。女孩这次很高兴地跑去找教练了，她发现教练的眼中同她一样闪烁着喜悦的光芒。教练这次开口说话了："孩子，以前我总说下一次就是你，其实那句话不是真的，我是不想打击你而告诉你说你的球艺还不精，我是希望你一直努力下去啊！"女孩一下子什么都明白了。

在职业队受到良好系统实战训练后，女孩充满了信心，很快便脱颖而出。她就是被评为 20 世纪最佳女子足球运动员的中国球星孙雯。

拼出来的物理学家

钱伟长小学毕业后，祖母和母亲便劝他到铁路或邮局去工作。钱伟长虽然渴望读书，但家境贫寒，也就不得不辍学。1925 年，父亲受到无锡县立初级中学的聘用，薪水略有提高。钱伟长才得以到无锡求学。

不久，他考入了苏州中学，开始了 3 年高中生活。

进入高中以后，钱伟长十分喜欢国文（就是现在的语文），历史也不错，可是数学却是一塌糊涂，常常考不及格。1931 年夏天，钱伟长高中毕业，他一下子报考了 5 所大学，国文与历史成绩极好，不是 100 分就是 90 多分，而其他科目只考了二三十分，不过最后把各科的分数加起来还是考取了。1931 年 9 月 10 日，钱伟长进入清华大学学习。

到清华大学没几天，震惊中外的"九一八"事变爆发了，抱着科学救国的理想，钱伟长在一夜之间改变了初衷，毅然决定要学习物理学。物理考试成绩曾经只得过 25 分的钱伟长想进物理系学习，简直比登天还难。于是他开始发愤学习物理。

他早晨五六点就起床，晚上熄灯后还到厕所里的灯下看书。他每天最多睡 5 个小时觉。他就是靠着这种拼搏的精神，终于为日后研究物理学打下了坚实基础。

米芾的苦恼

> 休息并不是浪费生命，它能够让你在清醒的时候，做更多清醒、有效率的事。
>
> ——卡内基

米芾是北宋著名的书画家，他不但绘画有名，而且书法也很有造诣。

米芾小时候就十分喜爱书法。他非常想把字写好，可是练了好长一段时间，仍然写得平平常常，没有什么长进。米芾心里苦恼极了。

一天，村里来了一个赶考路过的秀才。米芾听说这个秀才的字写得很好，便赶忙跑去求教。秀才看米芾这小孩十分好学，就答应教他试试。

秀才拿出一本字帖交给米芾说："你每天照着这本字帖练习，写好了拿给我批阅。"米芾照着字帖很快就写了一大沓纸的字，然后兴冲冲地跑去恭恭敬敬地交给老师。谁知秀才接过他写的字看了一会儿，脸色变得冷冷的，对米芾说："请我教字，要答应我个条件，用我的纸才行。"

米芾感到莫名其妙，但为了顺从老师，满口答应道："只要能写字，怎么都行。"

秀才望着米芾笑了一笑，说："我的纸可要五两纹银一张。"

米芾惊得目瞪口呆，他想，这不是存心为难我吗？心里不禁犹豫起来。

"不买我的纸就算了。"

一听秀才说算了，米芾慌了，他一边往家里跑一边说："我找钱去。"

米芾的家庭并不富裕，哪里拿得出钱来买这么贵的纸呢？母亲经不住米芾的再三央求，就用自己的首饰当了五两纹银，给米芾拿去买纸。

秀才接过银子，把一张纸交给米芾，说："你好好地写吧。"说完把银子装进衣袖筒里走了。

米芾接过那张纸，左看右看，觉得它不过是一张普通的纸。这一次米芾可不敢随便下笔了，他只是在那里琢磨字，用手在桌子上画来画去，想着字帖里的字的间架和笔锋。他琢磨来，琢磨去，便入了迷，把字帖里的字一个个都印在了自己的心上。

过了很久，秀才才回来，看着米芾呆呆地坐在书桌旁，手握着笔，对着字帖出神，便问："怎么不写呀？"

米芾如大梦初醒，喃喃地说："纸贵，怕废了纸。"

秀才哈哈大笑，用扇子指着纸说："你琢磨了这么半天，写个字给我看看。"

这可奇了。米芾写了个"永"字，既和字帖上的一样，又不一样，漂亮极了。秀才乐了，米芾也十分高兴。

秀才问米芾："你现在为什么能写好？"

"过去虽然写字，总没有用心。这次因为纸贵，怕浪费了纸，所以先把字琢磨透了才写。"

几天过去了，秀才要走了。米芾依依不舍地送别老师。分别时，秀才送给他一个布包，说："不枉师生一场，我送给你这小小的礼物，但你一定要在我走后才打开。"秀才说完上路走了。米芾目送着老师，直到望不见他的背影才回家。回家打开布包一看，米芾不禁泪水夺眶而出，原来这包里正是那买纸的五两纹银。

米芾后来成为了著名的画家和书法家，他一直把这五两纹银放在案头，时刻铭记着这位苦心教他写字的秀才。

追寻精神的源头

> 不是自己出头的时候，就不要插嘴说话，什么事都想要插嘴的人，就是没有自信。
>
> ——易卜生

弗洛伊德1856年5月6日出生于奥匈帝国摩拉维亚。父亲雅科布是个毛皮商人，他在和弗洛伊德的母亲结婚前，曾结过一次婚。弗洛伊德出生时，其父40岁，似乎是一个不亲近人而自居权威的人物，而母亲则给他较多的抚育和感情。弗洛伊德虽然有两个异母哥哥，但他和比他大1岁的侄子约翰的关系似乎更为密切。

10岁左右，环境稍有变化，弗洛伊德上了中学。在中学的几年里，弗洛伊德读书非常刻苦。他不满足于教科书中所讲到的知识，总是按教科书的提示去阅读大量的参考书。他做的练习比老师布置得要多。他把解难题当作一种乐趣，这一爱好培养了他独立思考、敢于解决困难的精神。

弗洛伊德除了学好所有的课程外，还阅读了大量课外书籍，并且自修希伯来文，他精通拉丁文、希腊文、法文、英文、意大利文和西班牙文。

中学时期，他年年都是班级里的第一名，中学毕业时又因品学兼优被保送到维也纳大学医学院学习。

那段时期正值达尔文的"物种起源"学说风靡欧洲，弗希纳创立了心理学，巴斯德创立了细菌学，孟德尔创立了现代遗传学，这些具有划时代意义的科学成果，对弗洛伊德产生了很大影响。关心人、研究人体的奥秘推动着这位医学院学生加倍地努力学习，除了每周 28 小时的专业课程，他还要去听哲学、动物学、解剖学、生理学等课程。在大学的几年里，他几乎没有荒废一天。他还没有毕业就成了生理学教授布吕克的正式助手，并在老师指导下完成了好几个难度很大的科研项目，这使他在奥地利科学界初露头角。

1885 年，弗洛伊德完成了他对脑髓的重要研究，被任命为神经病理学讲师。年末，弗洛伊德离开维也纳到巴黎萨尔佩特里埃尔医院，在沙尔科指导下工作，继续他的神经病理学研究。在法国首都的 19 个星期是他事业上的转折点，沙尔科当时正在研究"歇斯底里病人"，他的工作使弗洛伊德认识到心理障碍的根源可能存在于心灵中而不是在脑中。沙尔科证明"歇斯底里"症状如肢体瘫痪与催眠暗示之间有一定联系，这意味着"歇斯底里"的病因是精神状态的力量而不是神经。虽然不久弗洛伊德就放弃对催眠术的信心，但他在第二年 2 月回到维也纳时，心中已孕育着他的革命性的心理疗法。

坚持不懈
——在逆境中抬头的力量

回到维也纳几个月后，弗洛伊德和玛莎·伯尼斯结婚。婚后不久，弗洛伊德和柏林的医生 W. 弗利斯开始了最亲密的友谊。在 15 年的亲密交往中，弗洛伊德一些最大胆的思想都和弗利斯讨论过。1895 年，弗洛伊德发表了《癔病的研究》，这本书被视为精神分析的正式起点。

1896 年 10 月，弗洛伊德的父亲在 81 岁生日前不久去世。一些弗洛伊德认为曾经长期被潜抑的情绪在他身上宣泄出来了，这些情绪来自他早年的家庭经验及感情。从 1897 年 7 月开始，弗洛伊德试着利用一个曾用了几千年的技巧——释梦——来揭示这些经验和感情的意义，他强调"释梦是认识无意识的捷径"。

1899 年，他的著名代表作《释梦》（又译《梦的解析》）问世，但遭到了当时医学界的冷落。后来，人们才逐渐认识到其学说的价值。一批著名学者，如荣格、阿德勒都拜到他的门下，精神分析学派初步形成。1908 年，"精神分析学会"在维也纳成立。在瑞士的苏黎世，荣格主持下的"弗洛伊德协会"也吸引了来自世界各国的研究者，培养了一批具有国际影响的精神分析工作者。

正当弗洛伊德踌躇满志的时候，第一次世界大战爆发了。这个被他称为"可恨的时代"几乎把他抛入绝境。荣格和阿德勒——弗洛伊德最著名的两位学生，在这期间也公开同弗洛伊德分离了。这更加剧了弗洛伊德的悲观情绪。而最使他绝望的是，他的 3 个儿子和不少出色的精神分析学者应征入伍，在前线生死不明。弗洛伊德每天都以焦虑的心情查阅报纸，关注着儿子和朋友们的生死前途。

战争期间，弗洛伊德的生活也出现了问题。他的家人每天都面临着缺粮的威胁，前来诊所看病的人也寥寥无几。更糟糕的是，病魔也向他袭来。先是严重的风湿症，使他写字时手不停地颤抖。接着，又患了致命的癌症。但第一次世界大战后，精神分析学受到了空前的重视，弗洛伊德也一跃成为世界知名学者。弗洛伊德自 20

世纪 20 年代起便将精神分析运用于其他领域，试图解释一切与人类精神活动有关的问题。但好景不长，希特勒上台后在全国禁止精神分析学说。1938 年，82 岁高龄的弗洛伊德离开了他居住 70 多年的维也纳，去往伦敦。1939 年 9 月 23 日，弗洛伊德因病逝世。

对戏剧的迷恋

> 若想克服恐惧，不要只想到自己，设法去协助别人，恐惧便会消失。
>
> ——卡内基

1564 年，威廉·莎士比亚诞生于英国中部美丽的埃文河畔，他的父亲约翰·莎士比亚是个精明能干的商人，主要经营手套、羊毛、皮革等物，并且在市议会里兼任一份公职。

7 岁的时候，父亲把莎士比亚送到一所文法学校去上学，可他却不用功，老是被老师用教鞭提醒着去读书。他不喜欢那些古板的祈祷文，而是喜欢阅读古罗马作家用拉丁文写的历史故事，喜欢一个人在郊外的田野里漫游，听秋虫鸣叫。

尤其是每年的五月节，小城斯特拉福热闹非凡，戏剧班子从伦敦来到这里举行各种表演，这是一年中莎士比亚最快乐的日子。他每场演出必到，戏剧班子走到哪里，他就跟到哪里，痴迷地观看着每一场精彩的演出，直到戏剧班子离开斯特拉福城为止。这使莎士比亚的母亲玛丽·阿登忧心忡忡，她怕有一天独生子会抛下她跟着戏剧班子远走高飞。

十四五岁，莎士比亚离开了学校，来到父亲的铺子里帮工。但是，他对织手套、收购羊毛等工作并不感兴趣，仍然迷恋着戏剧班子和戏剧。每有空闲，莎士比亚就到泰晤士河边的几家剧场附近转悠。

后来，他在一家剧院找到了一份工作，主要替客人看管衣帽，照料有钱的观众上下马车，还在后台打杂。从此，莎士比亚可以真正接近戏剧了。一有空闲，他就躲在后台静静地观看演员们排练。这里成了他的戏剧学校。就是在后台这个地方，孕育了一位名垂青史的戏剧大师。

如果少年时代的莎士比亚听从了父亲的安排，干上了自己不喜欢的经商职业，就不会有后来伟大的莎士比亚。正因为他从小就与戏剧结下了不解之缘，长大以后又得以从事自己所喜爱的戏剧创作，才使他有极大的热忱和非凡的创造力为人类留下了不朽的艺术珍宝。

一字之正造福子孙

> 我们没有时间漠然或踌躇，现在就是振作起来积极行动的时刻。
>
> ——马丁路德·金

坚持不懈
——在逆境中抬头的力量

清代著名文字训诂学家、经学家段玉裁（1735—1815年），字若膺，号懋堂，又号砚北居士，江苏金坛人，清乾隆时举人。他一生的主要成就是在学术方面，他以他的学术成就在那个时代树起了一座丰碑，为后人树立了楷模。

段玉裁6岁从祖父学《朱子小学恭跋》，"颖异有兼人之资""读书日尽数千言"。25岁中举。当他爱上朴学后，拜当时经学大师戴震为师，矢志不渝，刻苦钻研。即使是他在任知县期间，"每处理公事毕，漏下之鼓，辄篝灯改窜是书以为常"。他遇到好书必购求，遇佳著必过录，有心得必著述，为学求知毫不懈怠。段玉裁解官归里，带回72只木箱，乡人误以为钱财，甚为艳羡，皆欲借贷，岂知箱内均为书稿。

段玉裁治学刻苦严谨。他在著述《说文解字注》时，常常为解字释义废寝忘食。相传，经韵楼的楼板，由于他天长日久地踱步沉思竟被磨薄了。据说有一次，他为了弄明白几个字的音、形、义，竟骑着毛驴由金坛到杭州藏书楼查检。时值寒冬腊月，他顶风冒

122

雪，来回花了近两个月的时间，才把问题搞清楚。回金坛后，有人问他："您府上有72箱书，难道这几个字还查不到吗？"段玉裁笑着说："书到用时方恨少嘛。"又有人问："您为这几个字吃这么大苦值得吗？"他严肃地说："一字之误，贻害千古，一字之正，造福子孙。"尤其可贵的是，段玉裁78岁时尚闭门批读《二十一经》等书。

段玉裁所著的《说文解字注》，倾注了他30年的心血。书中详尽地解说了9000多个汉字的音、形、义，集国学之大成。

后代学者推崇段玉裁为"一代硕儒""朴学大师"，他是受之无愧的。

为科学奉献一生

有三件事使人生有意义：工作、意志与成功。

——路易斯

1867年11月7日，玛丽·居里出生于波兰首都华沙。她的父亲是一名中学数学和物理教员，在父亲的影响下，玛丽从小就对物理现象产生了浓厚的兴趣。童年的玛丽聪慧过人，做起事来总是认认真真。

6岁那年，玛丽背起书包去上学读书。可是那个时候，她的祖国波兰已经被奥、俄等几个国家瓜分了，华沙也被并入了俄国。

在学校里，学生们只能学俄语。学校为了反抗俄国的统治，仍然偷偷地教学生们波兰语。学校有一个俄国督学，常常耀武扬威地监视师生们的行动。学校为了防备督学的突然到来，在每一个教室里都安装了一个秘密的电铃，只要一有情况这个电铃就会非常小声地响上两声。

这个时候，学生和老师们就会把书藏起来，然后拿起俄国督学规定的教材。

一天，督学又突然对学校进行检查。玛丽他们班正在学习波兰语，大家听到警告的铃声后赶紧把书藏在了秘密的地方，然后在桌子上重新摆上了规定的教材，讲台上的老师手里拿着一本俄文书，假装津津有味地念着。不一会儿，一个剪着短发戴着一副金边眼镜的男人走了进来，他便是俄国督学。

督学进来以后，用怀疑的眼光扫了大家一眼，气势汹汹地说道："给我叫一个学生起来，我要考一考，看看你们是不是真的在学俄国的东西。"

老师知道，这个督学又要难为学生了，于是她把班上记忆力最好的玛丽叫了起来。

"背诵你的祈祷文！"

玛丽用流利的俄语背诵了一遍。督学没有办法，于是又问玛丽道："我们的神圣的俄国皇帝是哪几位呀？"

"有凯瑟琳二世、保罗一世、亚历山大一世……"

督学看玛丽用流利的俄语回答着他提出的问题，有些怀疑地问玛丽道："你是在俄国出生的？"

"不，我出生在波兰。"

"现在谁是你们波兰的领袖？"

玛丽此时只是咬着牙齿，她实在不愿意回答这个问题，老师和校长也十分无奈地交换了一下眼神。

督学看了一眼校长，然后慢条斯理道："女士，你难道不教学生们这最神圣的名字吗？"

玛丽看着同学和老师惊恐的神态，她愤怒地回答道："是统治俄国领土的亚历山大二世陛下。"

"下次回答问题不允许故意拖延时间。"

说完，督学趾高气扬地跨出了教室。

这个问题深深地刺痛了玛丽幼小的心灵，等督学一走，玛丽便跑向讲台抱着老师痛哭起来，同学们也在下面默默地擦拭着眼泪。

回到家里，知道这件事的父亲安慰玛丽道："一个国家的领土可以被侵略者夺走，民族的尊严也可以暂时遭到凌辱，但是你要记住，知识是永远无法从人们的头脑里夺走的！"

父亲看到玛丽脸上有几分喜色后，又接着说："你看罗马用武力征服了希腊，但是希腊却用文化征服了罗马！"

从此以后，玛丽更加用功读书了。

1883 年 6 月，玛丽以第一名的成绩和一枚金质奖章完成了中学学业。随后几年，她靠做家教积攒学费，先是支持姐姐去巴黎留学，后又为自己凑足去巴黎的学费。

经过 3 年的刻苦努力，她先后获得了物理学和数学学士学位。艰辛的求学生涯，使她的青春尽显奋斗者的风采，她也因此显得十分消瘦，甚至有些憔悴。

1895 年，玛丽和志同道合的皮埃尔·居里喜结连理。婚后，琐碎的家务并没有磨灭居里夫人求知上进的心灵，夫妻二人互相体恤、互相鼓励，幸福、和谐的家庭成了居里夫人事业的动力与后盾。他们生活清贫，工作、学习却十分紧张、投入，即使在居里夫人分娩大女儿伊雷娜期间，她依然怀着极大的兴趣研读最新的科技报告。

又过了 3 年，居里夫人着手提交自己的博士论文，她也以此为契机，开始向化学领域的神秘之海启航。她测试所有的化学物质，以及近万种金属。

在研究中，居里夫人发现了一种未知的新元素。皮埃尔·居里停下了自己的实验，全身心帮助妻子研究这种新元素。

夫妻反复试验数月后，他们向学术界发表新的成果：发现了一种比铀的放射性强百万倍的金属，这种金属的放射线可穿透木材、石材，甚至钢铁，唯一能挡住放射线的只有厚铅板而已。如果这个发现成为事实，那么几世纪以来，科学界的基础理论将被彻底推翻。居里夫人将这种放射性金属命名为"镭"。

但是，由于镭的本质和所有的金属完全不同，所以不可能有镭金属存在。此时，学术界却提出反论，并且要他们拿出证据，要求他们提炼纯粹的镭，仔细地研究、测度，并且测定其原子量。

从1898—1902年整整4年间，居里夫妇为了证明镭的存在继续努力研究。后来，他们终于从数吨的矿石中提炼出了微量的镭。

据说，他们的实验室是早就不堪使用的破旧仓库，没有床板，屋顶也会漏雨，屋里虽有一个老式的火炉，却不能使用，所以冬天屋内和屋外的寒冷度没有两样。

又加上煮矿石、化学药品所冒出来的烟会使眼睛受到感染，也会使他们的喉咙经常发炎。在极为艰难困苦的条件下，居里夫妇持续了近4年的实验。最后，丈夫失望了："等到时机成熟时再做吧！"但是妻子却顽强地继续着实验。在居里夫人的一再坚持之下，终于成功地提炼出了镭。

这个成果，使居里夫人成为全世界最杰出、最有名的女性。但是，得到荣誉的时刻，是居里夫人一生中最幸福的时刻吗？"不，错了。"她说，"在家徒四壁，连床板都没有，一面受着贫穷所逼迫，一面潜心研究的时候——那一刻才是最幸福的。"在寒冷里打哆嗦，累得支持不住，却全心全意投入所喜爱的研究中——她认为

那才是一生中最快乐的时光。

如今大家都知道，镭可以用来治疗癌症。当时，镭的需求量在逐渐增加，而制造法却只有居里夫妇知道。因此，如果得到镭的提炼专利，那么世界各地要生产镭，她都可抽取专利金。

如果居里夫人这么做，那么无论谁都不会责难居里夫妇吧！那样一来既可改善全家的经济状况，居里夫人也不必辛苦地工作了，而且还可以建立一个设备良好的实验室，从事进一步的研究。可是，居里夫人舍弃了这条路，她并没有因为发现镭而接受一便士的钱。"可以这么做吗？"她说，"如果那样做的话，就违反了科学精神。那是用来治疗疾病的。"

精益求精地说书

打开窗户吧！别叫它遮蔽了碧蓝的天空；让花的阵阵幽香，飘进我的屋内；让太阳最初的光芒，洒遍我全身的每个角落。

——塔果卢

明末清初评话艺术家柳敬亭少年时期，因在泰州"犯事"，被通缉，便改名换姓，逃到盱眙，生活困苦不堪。幸好随身带了一本小说，便到街头去说书，收几文钱糊口。

当他以高超的说书艺术压倒当时著名的说书家张樵、陈思和吴逸的时候，有人问他："你的老师是谁？"

柳敬亭自豪地回答："我的老师不是说书家，而是一位读书人，他的名字叫莫后光。"

他是怎样跟莫后光学习的呢？

莫后光见柳敬亭勤奋好学，又尊敬师长，就教导他道："说书虽然是小技艺，但要摸透各种人物的性情，熟悉各地方的风俗习惯，善于描绘万事万物的情状，才能说得动听。因此，知识面必须非常宽广，对人情物态的体会必须异常深刻；在材料的剪裁和语言的运用方面，又必须极意经营，有的地方说得快，有的地方说得慢，有的地方要含蓄，有的地方要简洁……"

柳敬亭按照老师的要求，学习了1个月，然后到莫老师那里去说了一段书，请求指正。莫老师毫不留情地批评道："还差得远哩！你的说书，只能令人发笑，不能引人深思。"

老师的批评，并没有使柳敬亭灰心，反而令他更加尊敬莫老师。他觉得老师的批评是对他负责，是喜欢他这个学生的体现。柳敬亭回去仔细揣摩老师的教导，练习说书，1个月以后，又去请教。莫老师说："这一回大有进步，不过还须加强练习。"

柳敬亭又继续练了1个月，再到莫老师那里去说书。莫老师从柳敬亭的眼神以及举手投足中看出了他塑造的人物的喜怒哀乐，心里十分高兴，对柳敬亭说："你已基本掌握了说书的技巧，但要达到炉火纯青的境界，还需去体验生活。"

柳敬亭记住老师的话，一直把提高技巧和体验生活结合起来。他跑了许多地方，又在左良玉军中呆了一段时期，加上亲身经历了南明的覆亡，举凡五方土音、乡俗好尚，几乎无不熟习，豪猾大侠、杀人亡命、流离遇台、国破家亡等各种人物和事件，多有耳闻目睹，思想感情也因而起了变化。听他说书，每发一声，或者像铁骑驰骋、刀剑撞击，叫人振奋；或者像风号雨泣、鸟悲兽骇，从而激起人的悲愤。他所说的书，如《西汉》《三国演义》《隋唐演义》《精忠传》《水浒传》等，都有新的创造。例如说《景阳冈武松打虎》一段："武松到酒店里买酒，见店中无人，猛然大吼一声，直震得空缸空坛嗡嗡作响。"惟妙惟肖地刻画出武松的勇猛威武。

柳敬亭在说书艺术方面取得了惊人的成就，有人夸奖他："真是聪明，无师自通！"他总是对别人说："我能说一两段好书，完全是莫老师的指教。我感到自豪的是有一位严格的老师。"

不断地追随科学

> 经验、环境和遗传造就了你的面目，无论是好是坏，你都得耕耘自己的园地；无论是好是坏，你都得弹起生命中的琴弦。
>
> ——卡内基

查尔斯·罗伯特·达尔文，1809年2月出生在英国什鲁斯伯里市一个行医世家。他的家境富裕，父亲是当地有名的医生，母亲则是一位商家小姐。

刚过8岁，达尔文就被父亲送去上学。自小生长在大自然中的达尔文非常讨厌学校硬性规定死背书的教育方式，此时的学习变得毫无乐趣可言。对于背诵诗句的事，他总是草草应付了事，因此，他的老师对他的评语是："成绩平平，智商不高。"

达尔文虽不喜欢学校的课业，但是对博物学却很感兴趣，尤其热衷于采集标本，不管是植物、动物、昆虫，还是石头、贝壳、印章等，他都收集起来，堆满了房间和庭院。

达尔文的姐姐看他收集了一大堆乱七八糟的东西，把房间搞得像垃圾场，非常生气，她命令达尔文说："赶紧把那些昆虫尸体扔出去，其他的东西，烧掉也罢，埋掉也罢，或者送人也罢，就是不准留在家里。"达尔文把这些收集品当成宝贝一样，别说是丢掉，叫他送人都不肯呢，他可是标准的"吝啬收集迷"呢！

据说，有一天，达尔文到郊外采集甲虫标本，突然，他在一棵老树树皮下发现了两只稀有的甲虫。他马上就用双手分别抓住一只。这时，他又看到了第 3 只甲虫："啊，这可是个新奇的品种，我决不能错失良机。"

他不假思索地把右手里的甲虫塞进嘴中咬住，想腾出手来把那第 3 只甲虫抓住。

哎呀！嘴里的甲虫竟分泌出一股极其辛辣的汁液，达尔文的舌头好像被火烫到一样感到热辣辣的。他赶紧把那只甲虫吐出来，而那只甲虫也乘机溜之大吉了！

1825 年，父亲将达尔文送到爱丁堡大学学习医学，但是很快达尔文就意识到自己不适合医生这个职业。1828 年他去剑桥大学学习神学。

那时他与大多数英国人一样，信仰英国圣公会的信条。他在基督学院的成绩就如在爱丁堡一样并不出色。他把许多时间花在与朋友一同打猎、射击、骑马和运动上。

剑桥大学并不授予自然科学的学位，但在表兄威廉·达尔文·福克斯的引导下，他结识了以牧师兼植物学家亨斯洛为首的剑桥科学家们，亨斯洛支持达尔文对科学的强烈兴趣，鼓励他对自己的能力充满信心。

1831 年 8 月，在亨斯洛的推荐下，达尔文应海军部之邀，到皇家海军考察船"贝格尔号"上担任不领报酬的博物学家。这艘船计划考察南美东西海岸，然后考察太平洋岛屿，建立一系列测试部。同年 12 月 27 日，达尔文搭乘"贝格尔号"从英国普利茅斯港起航。

其间，他们航行到了距南美海岸数千英里之遥、位于最偏僻的太平洋赤道无风带的荒凉的加拉帕戈斯群岛。然而，就在这个偏僻的群岛上，达尔文发现了一个令人惊异的事实：看来所有岛屿的气候、土壤都相同，但它们却各有自己独特的动物群。那么，大自然为什么要无缘无故地在相邻的岛屿上创造种属不同而又具有亲缘关系的独特物种呢？这显然是不合逻辑的。

莫非那些自创世第一天就存在于世界的 100 多万种活的动植物，故意要蔑视《圣经·创世纪》和重要科学家们的权威吗？

5 年间，"贝格尔号"航行到了塔希提岛、新西兰、塔斯马尼亚岛、澳大利亚、阿森松岛、佛得角群岛以及亚速尔群岛。

每个岛上的生物都向达尔文提出了这同一个令人费解的问题，又都使他联想起这同一问题的令人难以置信的答案。每到一处，他都认真、细致地考察研究，收集各种动植物标本，并加以描绘或进行解剖；挖掘古生物化石，记录地层以及岩石和化石性质。这次考察，使达尔文获得了极为丰富的生物学方面的第一手资料，同时，他那敏锐的观察力和怀疑精神也由此养成。

1836 年达尔文回到英国时受到科学界的欢迎，他们把他视为自己的一员。他很快被吸收为地质学会会员，第二年被选为该学会理事会成员，1839 年被选入皇家学会。

但同时，达尔文开始在某种意义上过着一种双重生活。一方面，他忙于为世人撰写《"贝格尔号"所到达的各地区的地质史与自然史的考察日记》。

另一方面，达尔文又在准备他的地质学著作，并主管由专家进行的对"贝格尔号"所收集的有关动物资料的分析。在私下，达尔文开始记录大量笔记，在其中提出一系列有关"物种问题"的问答。

他又与育种家、园艺家、博物学家、动物饲养员等通信或与他们讨论，并且大量阅读，从而收集有关物种的事实。达尔文面对着许多令人费解的证据，对上帝安排的生物观在理智上越来越感到难以忍受。1838 年 10 月，达尔文在读了马尔萨斯的《人口原理》（亦称《人口论》）之后，认识到了自然选择的原理，豁然开朗，并很快用它来解释许多现象。

1842 年，达尔文已经对自己的理论可靠性深信不疑，他就此写成一份草稿，1844 年又写成一份更长的提纲，让他的朋友——植物学家赖尔·胡克看过。他不愿将自己的理论公之于众，不愿引来众怒。于是他在以后的 10 年内全力写一篇关于藤壶的论文，他在文中暗示藤壶是自然选择的产物，但没有直截了当地这么说。

在这一时期，英国学术思考的环境发生了变化，讨论进化已是司空见惯的事。1858 年 6 月 18 日，达尔文收到弗雷德·罗素·华莱士寄来的一篇论文。

华莱士是一位博物学家，在马来群岛工作，他在文中将达尔文搞了 20 年的理论精要地总结出来。看来他毕生工作的成果要被别人占了先，这使达尔文感到沮丧，但他的朋友和知己赖尔·胡克和赫胥黎帮他解决了难题。他们在 7 月 1 日举行的学术报告会上同时宣读了达尔文和华莱士的论文。两年前达尔文已开始写一份篇幅很长的手稿，这篇名为《物种起源》的摘要于 1859 年 11 月 24 日出版。

该书第一版上市即售完，到 1872 年该书已再版 6 次。达尔文的理论迅速为大多数科学界人士接受。而基督教的牧师们接受不了这个理论。

保守的基督徒感到自然界（或生物界）按照物理世界一样的规律行事这种观念对他们是一个威胁。达尔文的世界中没有为神灵的干预留下一席之地，人类也未被置于较其他动物优越的地位之上。达尔文将人类连同自然界其他事物一起，视为一个连续统一体的一部分，而不是按神灵的律令单独分开。

由于达尔文在科学上的巨大贡献，他获得欧美十几个国家、70多个科学研究和学术机构授予的各种学位、荣誉称号、奖章和奖金。可是，达尔文热爱的是科学真理，并不看重这些，以至有些会员证书或院士证书，他都给遗失了。

1881年夏，达尔文因健康状况恶化而不得不停止他所热爱的科学研究工作。第二年春天，病情加重。临终前两天，他还支撑着垂危的身体，观察和记录了他的儿子正在进行的一项植物试验。1882年4月19日凌晨，达尔文在唐尼与世长辞。人们将他安葬在伦敦威斯敏斯特教堂的公墓里，与牛顿的墓并排在一起，以表示对他的尊敬与纪念。达尔文的墓碑上只刻着他的姓名和生卒年月，没有留下碑文。但是，他生前曾经说过的一段话，却给人们留下了一位伟大科学家的光辉形象："我曾不断地追随科学，并且把我的一生献给了科学，我相信我这样做是正确的。我没有犯过任何重大的罪，所以我不会感到悔恨，但使我感到遗憾的是：我没有使人类得到更直接的好处。"

话虽如此，达尔文的进化论因为揭示了生物界演化发展的规律和机制，完成了近代生物学理论上的第一次大综合。其意义远远超出了生物学的范围，深刻地影响到人类思想文化的方方面面。

第六章

狂风吹不倒

心中自有定盘星

汉昭帝刘弗陵即位的时候只有 8 岁，国家大事由大司马大将军霍光代管。霍光是骠骑将军霍去病的异母弟弟。10 多岁时，就被霍去病从家乡接来，做了汉武帝的侍从官。他为人老诚、干练，办事认真周到，很受汉武帝喜欢，被提拔为侍从官的首领。霍去病去世以后，汉武帝又把霍光提拔为奉车都尉、光禄大夫，掌管皇帝的车马和宫殿门户。霍光办事小心谨慎，20 多年没有出过任何差错。

汉武帝晚年，体弱多病，知道自己活不了多长时间，就立 8 岁的小儿子刘弗陵为太子，并留下遗嘱，拜霍光为大司马大将军，辅佐少主管理国家。

燕王刘旦是昭帝的哥哥，父亲把皇位传给弟弟之后，他十分不满，一直耿耿于怀。于是他便串通了盖长公主和大臣上官桀、上官安、桑弘羊等，企图谋害霍光和昭帝，篡夺皇位。

汉昭帝 14 岁那年，有一次霍光到长安附近的广明去检阅军队，并且调了一个校尉到大将军府里去。霍光走后，上官桀一伙经过一番密谋，就用燕王刘旦的名义，伪造了一封书信，送到汉昭帝那里去告发霍光。信上说："霍光最近外出视察军队时，衣食住行，礼仪同皇上一样，他还盗用皇上的仪仗队，耀武扬威，十分骄横；又自作主张，把一名校尉调到自己的将军府里，加强身边的力量。霍光平时从不把皇上放在眼里，恐怕想要谋反。我情愿交回燕王的大印，回到京城保卫皇上，以防备奸臣搞阴谋活动……"

桑弘羊、上官桀等早已做好准备，等皇上诏文一下来，马上就把霍光抓起来。

但是，告发信送上去后，汉昭帝仔细看了几遍就收起来了，没有马上批复。上官桀一伙急于把霍光赶下台，就进宫去追问汉昭帝这件事如何处理。汉昭帝回答说："等霍光阅兵回来再说吧！"

霍光阅兵回来，听说了这件事。第二天上早朝时，他就躲在偏殿里不敢直接去见汉昭帝。昭帝见文武官员当中没有霍光，就问道："听说霍大将军阅兵完毕，已经回朝，他在哪里？"上官桀赶快回答说："因为燕王上书揭发了他的罪行，所以他不敢来面见皇上了。"汉昭帝说："传他进来，我有话对他说。"

霍光听说汉昭帝叫他，赶忙来到殿上。他摘下帽子，跪下叩了一个头说："臣罪该万死，听候皇上发落！"汉昭帝抬一抬手说："请大将军起来，戴上帽子。我知道这封告发你的书信是假造的，不是燕王写来的，你是无罪的。"霍光激动地问："皇上，您怎么知道那信是假的呢？"汉昭帝说："大将军到广明去阅兵，是在京城附近的地方，调校尉去大将军府，也还不到10天，燕王在遥远的北方，他怎么能够知道这些事？就算他能知道，马上派人送信来，今天也还送不到京城。再说，大将军如果真想造反，也用不着调用一个校尉。因此，这件事分明是京城里有人造假嘛！我虽然年轻，却也看出了他们的破绽，决不会上当的。"于是汉昭帝就下令，让霍光马上动手，查出写信的人来。当时汉昭帝只有14岁，就能把问题分析得这样清楚，朝廷上下没有一个不佩服的。

上官桀见汉昭帝派霍光追查假造信的人，怕阴谋败露，就采取

以攻为守的办法，他们屡次在汉昭帝面前说霍光的坏话。汉昭帝听了大发脾气，说："大将军是忠臣，先帝临终前嘱咐他辅佐我治理天下。他帮我办了许多好事，这是有目共睹的。今后再有谁来诽谤他，我一定要重重责罚。"从此以后，上官桀他们再也不敢说霍光的坏话了。可是他们贼心不死，又布置了另一个阴谋，由盖长公主出面请霍光喝酒，在厅堂四周埋伏下武士，准备乘公主劝酒时，命武士们冲出来把霍光杀死，然后再废掉汉昭帝，迎立燕王做皇帝。

事情败露后，汉昭帝命霍光杀了上官桀、上官安、桑弘羊一伙。燕王刘旦和盖长公主见事情不妙，都自杀了。一场叛乱平定了。

一生的追求

> 人并不是在有时间时才培养耐心。正确的观念应该是：由于人学会了有耐心，所以才拥有比足够还要多的时间。
>
> ——保罗·皮尔梭

1960 年，罕见的天灾降临中国，大饥荒夺去了很多人的生命。有一次，袁隆平看见几位农民到很远的地方去换谷种，就问："你们为什么跑这么远去换种子？"农民告诉他，种子好，就可以在不增加成本的情况下提高产量。

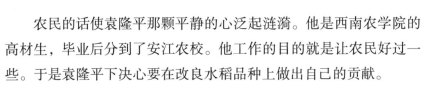

农民的话使袁隆平那颗平静的心泛起涟漪。他是西南农学院的高材生，毕业后分到了安江农校。他工作的目的就是让农民好过一些。于是袁隆平下决心要在改良水稻品种上做出自己的贡献。

校园外有一块早稻试验田。下课后，袁隆平经常到稻田去观察和筛选水稻良种。有一天，他的目光被一蔸形态特异、鹤立鸡群的水稻植株吸引住了——这是一株奇特的水稻，株形优异，穗大粒多，足有10余穗，每穗有稻谷170粒左右。

袁隆平用布条扎上记号，从此格外精心地照顾这蔸水稻。收获季节他得到了一把金灿灿的稻种。

第二年春天，袁隆平把这些种子播种到试验田里，期待收获有希望的新一代稻种，因为系统选株（即在一个群体中选择优良的变异单株）是一种主要的育种方法，当时许多优良的稻麦品种都是通过这种方法选育出来的。可是，当秧苗发绿长高之后，袁隆平发现，它们高的高，矮的矮，成熟度也很不一致，而且没有哪一蔸的性状超过了它们的前代。

一种失望的情绪掠过袁隆平心头。但是，对孟德尔、摩尔生物遗传学有着深入研究的袁隆平很快便又想到，从遗传学的分离律观点看，纯种水稻品种的第二代是不会有分离的，那么可以断定，去年发现的性状优异稻株是一株"天然杂交稻"的杂种第一代。既然自然界存在"天然杂交稻"，那么只要探索出其中的规律，就一定能培育人工杂交稻，从而大幅度提高水稻的产量！

1970年，袁隆平等人在海南岛一片沼泽地的小池塘边，发现了雄性的野生稻——"野败"。1973年，袁隆平等人成功培育第一个具有较强优势的杂交组合"南优2号"，亩产达到623千克。

从此之后，袁隆平把一生都献给了稻种改良事业。

找出脚气的元凶

　　1883 年，艾克曼从阿姆斯特丹大学医学院毕业后，赴荷属东印度任军医。1886 年，艾克曼参加了荷兰政府组织的脚气病研究委员会。1893 年，他从故乡坐船到达印度尼西亚的爪哇岛，考察这里正流行着的脚气病。

　　这是一种很严重的脚气病，人得了此病，吃不下饭，睡不好觉，浑身没力气，走路也不方便。奇怪的是，当地的许多鸡竟然也患上了这种病。艾克曼是个细菌学专家，他想："脚气病这样普遍，是不是由细菌传染引起的呢？"

　　他养了一群鸡，对鸡进行了研究。他用显微镜仔细观察从鸡的各部位上弄来的取样涂片，几年都没发现任何脚气病菌的踪影，而他自己却得了脚气病，他用来做实验的鸡也得了这种病。鸡成批地死去，只有一小部分活了下来。艾克曼曾用多种方法医治那些生病的鸡，但都没有成效。奇怪的是，那些活下来的鸡，未经任何治疗，几个月后脚气病却自己好了。

"这是怎么一回事呢?"艾克曼天天守在那几只鸡旁,想找出其中的原因。

　　有一天,艾克曼正蹲在鸡栏里观察鸡的活动情况,这时,新雇来的饲养员走过来喂鸡。艾克曼望着纷纷抢食的鸡群,脑子里忽然冒出了一个想法:这些鸡都是这位饲养员喂的,而这位饲养员来了只有两个多月。值得注意的是,正是这个饲养员来了以后,鸡的病才好了起来。这两件事情是偶然的巧合,还是有必然的某种联系呢?

　　艾克曼仔细调查了前后两名饲养员的情况。原来,前面的那个饲养员只图省事,总是用人吃剩的白米饭喂鸡,而新来的饲养员非常勤快,总是用一些拌着粗粮的饲料喂鸡。

　　"原因是不是在饲料里?"艾克曼脑中闪出一个念头。于是,他重新买了一批健康的鸡,分成两组饲养,一组鸡用白米饭喂食,一组鸡用粗饲料喂养。过了1个多月,预计的情况果然发生了:用白米饭喂养的鸡患了脚气病,而用粗饲料喂养的鸡却一直很健康。

　　"问题就出在饲料上!"艾克曼做出了判断。接着,他又问自己:"吃粗粮能不能治好人的脚气病呢?"

　　"这个实验从我身上做起。"艾克曼坚持吃起粗粮来,没多久,他的脚气病果然渐渐好了。艾克曼非常高兴,把这个方法推广开来。爪哇岛的居民都吃起粗粮,脚气病果然好了。

　　艾克曼并不满足于表面上的成功和收获,而是冷静地分析起来:爪哇岛的人们习惯吃精白米,而把米糠丢掉了,会不会就在扔掉的米糠中有一种重要物质,人缺少这种东西就会得脚气病?艾克曼于是对米糠进行了化验,最后终于发现和提取出一种当时还不为人们知道的特殊物质——维生素。艾克曼因发现维生素而获得了1929年的诺贝尔生理学或医学奖。

不断完善的蒸汽机

> 播下行为的种子，可以收成习惯之果；播下习惯的种子，可以收成性格之果；播下性格的种子，可以收成命运之果。
>
> ——芮德

1736 年 1 月 19 日，瓦特出生在苏格兰造船工业中心格拉斯哥附近的格林诺克。他的祖父是个机械工人，父亲是个造船木工。19岁时，瓦特到伦敦一家钟表店里做学徒。在这期间，他先后制造了象限仪、罗盘和经纬仪。1756 年，瓦特因契约到期，踏上了回家的旅程。后来经友人介绍，到格拉斯哥大学任教具实验员。他经常同化学讲师、潜热的发现者约瑟夫·白拉克和当时的大学生、未来的自然哲学教授约翰·罗比孙讨论有关蒸汽机的问题。这就为瓦特发明联动式蒸汽机奠定了基础。

很久以前，埃及人希罗在他所著的《气动力学》一书中，就介绍了一种利用蒸汽转动球体的机械装置。但在当时没有条件应用这种蒸汽机。17 世纪以来，随着资本主义的发展和社会经济的需要，又有人试图制造蒸汽机，用来作为提水和排水的机械装置。例如：1601 年，意大利人波塔设想应用蒸汽压力提水；1690 年，法国技师巴宾在英国装置一种用于举重的真空热容器，并在设计中第一次采用了活塞。这些器械虽然还在试验之中，尚未用于生产，但为以后瓦特改良蒸汽机提供了宝贵的经验。

1698 年，英国人塞维利来创造了一种蒸汽泵，由于效率很低，无法推广。1705 年，英国人纽可门制造了蒸汽机，可以用来抽水，排干矿井，曾先后被英国和欧洲大陆一些国家采用，但是由于这种蒸汽机比较粗笨，又很费燃料，也不易推广。

到了 18 世纪 60 年代，英国开始了工业革命。当时在棉纺织工业部门已经发明了用手摇或用水力推动的纺织机和织布机。资本主义工业的进一步发展迫切需要解决动力问题。

1761 年开始，瓦特着手搞了一些实验。1764 年，他被纽可门的一架蒸汽机吸引了。在修理纽可门蒸汽机时，他研究了大气的压力和它的密度的关系，从而断定要在一个冷凝的蒸汽机中节约地应用蒸汽，必须有两个不可缺少的条件：一个是冷凝的温度尽可能降低到华氏 100 度，或者更低，否则不会有好的真空；另一个是气缸应该保持如同进入的蒸汽一样热。他进行了多次反复实验后，证实了纽可门蒸汽机效率低的主要原因，就是它的蒸汽是在汽缸中冷凝的，大量的热能被浪费在加热汽缸上了，同时又因真空度不好，也影响蒸汽机的效率。于是他用空气泵抽吸缸内水气，提高真空度，接着，他又发明了和汽缸分离的冷凝器。在机械师的帮助下，他成功制造了精密汽缸，并解决了活塞的工艺问题。就这样，瓦特改进了纽可门蒸汽机，发明了单动式蒸汽机。这种单动式蒸汽机耗煤量少，运转速度快，较广泛地应用于矿井中的排水。

1769 年 1 月，瓦特首次获得蒸汽机的专利证。1775 年，英国议会通过法令，同意延长他的专利权 25 年。此时，瓦特迁居伯明翰，由波尔顿一瓦特公司开始制造蒸汽机。

1781 年，瓦特第二次获得蒸汽机专利证。专利证上详细记载了活塞往返运动转变为回转运动的 5 种不同方法。这种活塞的回转运动更便于引擎带动机器。

1782 年，瓦特经过多次实验，发明了具有重大意义的联动式蒸汽机，第三次获得专利证。联动式蒸汽机以蒸汽为动力，交替推动活塞，并采用曲柄机构，进行回转运动来推动各种机器，具有较高效率。不久，这种联动式蒸汽机被应用到纺织工业和冶金工业中去，很快引起这些部门的技术革命。

1784年，瓦特第四次获得专利证。专利证上记载蒸汽机的一种连杆装置，就是把活塞轴的顶端连接杠杆，这样既可拉，又可推，还可同时引导直线移动。

此后，瓦特又发明了蒸汽机的离心自动调速器，应用这种器械转动引擎，能自动地控制速度。瓦特对蒸汽机发展的又一个重要贡献是发明了指示器。

半个世纪以后，瓦特发明的联动式蒸汽机，被世界各地广泛采用，有力地推动了工业部门的革命。

反黑暗的斗士

> 　　未来不是固定在那里等你趋近的，而是要靠你创造。未来的路不会静待被发现，而是需要开拓。开路的过程，便同时改变了你和未来。
>
> 　　　　　　　　　　　　　　——约翰·夏尔

　　乔尔丹诺·布鲁诺（1548—1600年），"文艺复兴"时期卓越的唯物论哲学家、思想家，反对中世纪天主教会黑暗势力的不屈斗士。布鲁诺出生在意大利南部那不勒斯附近诺拉小镇的一个贫苦家庭。他在 17 岁时进入圣多米尼加修道院做见习修士。后来，由于接受了人文主义思潮，大胆说出自己对某些天主教教义的怀疑，与天主教会发生冲突，被指控为"异端"，开除教籍。后来，他被迫离开祖国，流浪瑞士、法国、英国、德意志和捷克等地达 15 年之久。他到处讲学和著述。他的两本主要著作《论原因、本原和统一》《论无限性、宇宙和诸世界》，是他留居英国时完成的。

布鲁诺充满激情地宣传哥白尼的"日心说"，并且做了许多重要的理论概括、补充纠正和发展，提出了关于宇宙的新理论。

他认为宇宙在时间上和空间上都是无限的。因为空间上无限，宇宙既不可能有一个中心，也没有绝对的边缘，因此他说："我们可以十分有把握地断言，整个宇宙完全是中心，或者宇宙的中心处处在。"他指出，宇宙中有无限的星系，我们生活着的太阳系只是其中之一。太阳只不过是宇宙中的一颗尘埃。地球环绕太阳转，太阳不是静止不动的，它和其他恒星的位置也在不断变动着。他又认为，由于宇宙在时间上无限，它不会有开始，也不会有结束。宇宙有它的客观规律，并不像教会所说存在着什么服从上帝意志的情况。

他断言宇宙万物处在不断变化之中，但万变不离其宗，在一切纷繁多样、生灭变化的事物中，有一个唯一的实体，即物质。物质是永恒的、始终不变的，一切"流逝的、运动的、变易的"实物，只不过是它的"外观"。例如，一粒种子变成茎，从茎生出穗子，从穗子生出粮食，再从粮食、胃液、血液、精子、胚胎、人、尸体、泥土等依次转化变成其他物体的过程，说明任何个别事物都是有限的，"尽管物质形式变化无穷，并且一种形式接着另一种形式发生，但其中总保持着同一物质"。这种同一物质，不同于任何特殊物体，但它表现为各种特殊物体，它是不可创造和不可消灭的。他的结论是：宇宙乃是一个统一的物质世界。

坚持不懈
——在逆境中抬头的力量

144

布鲁诺坚信世界是可知的。他反对那种认为人的有限理性不能认识无限宇宙的错误观点。他说，人的认识能力永远不会停留在已经认识的真理上，它将永远向前，去认识尚未被认识的真理。他认为，真正的哲学应该重视实践经验和科学实验。但他对感性知识的作用是估计不足的。他比较片面地强调理性，不能正确地理解感性知识与理性知识的关系。

　　布鲁诺的唯物论世界观是不彻底的，他不能说明物质运动的原因，也不能解释精神现象是怎样产生的。他否认宗教宣扬的上帝创造世界，不承认自然界之上还有一个什么"造物主"。他认为自然界运动的原因，不在于自然界以外的上帝，而在于自然界本身所具有的"普遍的理性"。这个"普遍的理性"，即是一种创造的力量。这样，他虽然排除了自然界以外的神，却又认为"自然界是万物之神"。自然界本身就是神，自然界的物质都是有灵魂的。这就是泛神论思想。这种观点，显然离开了唯物论。但在当时，布鲁诺却以泛神论宣传了唯物主义世界观。

　　在社会历史观方面，布鲁诺认为人类社会是不断变化、不断前进的。他尖锐地抨击了把远古社会美化为"黄金时代"的看法，认为这种把原始人们描绘成不用劳动就可以享有一切大自然的幸运儿，乃是一种动物式的要求，其实在那远古时代"人也许比动物还蠢"。布鲁诺说，人类在生存斗争中，由于碰到困难，由于生活的需要，"他们的才智敏锐了，他们创造了生产，发明了技艺"，由于他们勤劳而紧迫地工作，他们才越来越脱离了动物的状态。

　　布鲁诺这种历史进化的思想，在当时是有进步作用的。因此，他对封建社会的黑暗腐朽满怀仇恨，对封建专制暴政、等级制、贵族的特权等甚是反感。他主张变革。在他看来，"如果没有变化，没有变易，没有盛衰兴替，就不会有适宜的东西、良好的东西、愉快的东西"。布鲁诺不赞成用暴力手段去改造社会，也看不到人民群众革命实践的伟大作用，他把智慧和理性看作可以改造社会、战胜一切的决定力量。

布鲁诺率直地蔑视、嘲弄那些经院哲学家的诡辩、伪善，称他们为流氓、小丑、无赖和懒汉。他也鄙视显贵寄生者的淫乱和暴虐腐化的生活方式。他无情地揭露了教皇的惊人无知和丑态败行。他主张把修道院及其一切财产，收归国有。

布鲁诺的唯物主义学说和他的大胆无畏，是对天主教反动势力的一个极其有力的打击。天主教会视布鲁诺如眼中钉、肉中刺，欲置之死地而后快。1592 年，布鲁诺被骗回意大利，在威尼斯即遭到宗教裁判所的毒害。他被捕入狱，先后在威尼斯和罗马被监禁 8 年。长期的囹圄生涯和残酷的严刑拷打，并不能动摇布鲁诺的信念。他坚决不肯放弃自己的观点，最后被判处死刑。教会把他交给世俗法庭执行时，阴险地说什么要"以尽可能温和的和不流血的方法处置"。1600 年 2 月，布鲁诺被活活烧死在罗马的鲜花广场上，他的骨灰被扔入台伯河里。

守住自己的人格

> 没有人会只因年龄而衰老，我们是因放弃我们的理想而衰老。年龄会使皮肤老化，而放弃热情却会使灵魂老化。
>
> ——撒母耳·厄尔曼

戚继光字元敬，号南塘，晚号孟诸。

明朝嘉靖七年（1528年），他诞生于山东一个世代担任武职的将门之家。

戚继光出生时，他的父亲已经56岁了，戚景通老来得子，钟爱异常，但对他的要求十分严格。一次，父亲问继光："你的志向何在？"继光答："志在读书。"父亲告诉继光："读书的目的在于弄清忠孝廉节4个字。"并命人把这4个字书写在新刷的墙壁上，让继光时时省览。这4个字虽然包含封建伦理道德的内容，但在当时贿赂公行、廉耻丧尽、整个社会风气腐败不堪的情况下，戚景通能教育儿子忠于国家、孝顺父母、克己奉公、讲求气节，是难能可贵的。从此，继光每天看着墙上"忠孝廉节"4个大字，发愤读书，刻苦学习武艺。后来，他报国心切，在堂前的柱子上刻写了这样一副对联："功名双鬓黑，书剑一身轻。"意思是说，他除了书籍（文才）宝剑（武艺）外，其他一无所求。要以自己的文才武略，

第六章

狂风吹不倒

147

趁年轻时为国家建功立业。

戚继光为官极为清廉，丝毫不染当时弥漫朝野的贪污贿赂的恶习。他竭力整顿屯政，因此屯务为之一清。上级都对这位廉洁奉公、才华出众的青年军官啧啧称奇。当时他的生活清贫，但他对自己经手的钱粮毫不动心。

戚继光"一年三百六十日，多是横戈马上行"。1553 年，他升任都指挥佥事，从此走上了抗倭战场。他扫平了浙江倭寇，踏平了福建境内的倭寇老巢。此后，他又奉调镇北，集中全力对付鞑靼。

戚继光资兼文武，才华卓著，给后人留下了许多很有价值的著作。他的主要著作有《纪效新书》《练兵实纪》等。

人们永远怀念一代爱国名将戚继光，直到今天，浙、闽一带仍然流传着许多有关他抗倭事迹的佳话。

那你现在可以开始

> 虚荣心很难说是一种恶行，然而一切恶行都围绕虚荣心而生，都不过是满足虚荣心的手段。
>
> ——柏格森

为了生活有更好的保障，大仲马在巴黎当差之余，经常替法兰西剧院誊写剧本，以增加收入。

有一天他来到法兰西剧院，径直走进当时著名的悲剧演员塔玛的化妆室，张口就说："先生，我想成为一个剧作家，你能用手碰碰我的额头，给我带来好运气吗？"塔玛微笑着把手放在他的额头上，说："我以莎士比亚和席勒的名义特此为你这个诗人洗礼。"大仲马一点儿也没在意这位大演员善意的玩笑，他把手放在自己的胸口上，郑重其事地说："我要在你和全世界人面前证实我能做到！"

然而，大仲马花了 3 年时间写出的大量剧本，没有一个被剧院接受并上演。直到 1829 年 2 月 11 日傍晚，法兰西剧院才给他送来一张便条："亚历山大·仲马先生，你的剧作《亨利三世及其宫廷》将于今晚在本院演出。"当大仲马手忙脚乱地穿衣服时，才发现自己没有体面的领结，他连忙用硬纸剪了个领结，套在脖子上便向剧院跑去。

但是到了剧院他却无法靠近舞台，因为连座席间的通道上都站满了观众。直到演出落幕以后，剧院主持人请剧作家上台时，大仲马才得以出现在台前，顿时，暴风雨般的喝彩声响彻剧场。当时的报纸如此描述他："他的头昂得那么高，蓬乱的头发仿佛要碰到星星似的。"这个带着硬纸领结的剧作家一举成名，一夜之间成了巴黎戏剧舞台上的新帝王。

紧接着，大仲马的另一个剧本《安东尼》演出后也获得了巨大的成功。短短的两年时间里，大仲马在巴黎成了最走红的青年剧作家。尽管如此，巴黎的许多贵族和一些文坛名家们仍然蔑视他的出身，嘲讽他的黑奴姓氏，甚至连巴尔扎克这样的大家也不放过嘲笑他的机会。在一个文学沙龙里，巴尔扎克拒绝与大仲马碰杯，并且傲慢地对他说："在我才华用尽的时候，我就去写剧本了。"

大仲马回答道："那你现在就可以开始了！"

巴尔扎克非常恼火，进一步侮辱大仲马："在我写剧本之前，还是请你先给我谈谈你的祖先吧——这倒是个绝妙的题材！"

大仲马也火冒三丈地回答他："我父亲是个克里奥尔人，我祖父是个黑人，我曾祖父是个猴子；我的家就是在你家搬走的地方发源的。"

决不放弃真理

> 捐躯赴国难，视死忽如归。
>
> ——曹植

太阳是太阳系的中心，地球和其他行星都围绕着太阳转，这是众所周知的普通常识。可是，在几百年前，提出太阳中心说的人却受到了残酷迫害，因为他打破了宗教神学维护的地心说。这个学说的创始人是波兰的天文学家尼古拉·哥白尼。

哥白尼家境富裕，从小受到良好的教育。小时候，他常常独自仰望繁星闪烁的夜空，默默地沉思。有一次，哥哥忍不住问他："你整夜守在窗边，望着天空发呆，是为了表示你对天主的敬仰?"哥白尼说："不，我要研究天空。"

18岁时，哥白尼进入了克拉科夫大学，在当时一流天文学家布鲁楚斯基教授的指导下研读天文学和数学。少年时代种下的爱好天文的种子，得到了萌发和生长。

那时候，欧洲的宗教势力很强，天文学也屈从于教会，天体被称为"圣岸"。宗教势力顽固坚持古希腊天文学家托勒密提出的

"地球是宇宙的中心"的学说，维护"上帝"是至高无上的宇宙主宰的神学观点，借此麻醉和欺骗人民。

哥白尼就是在这种背景下研究天文学的。他在老师的指导下认真观察天空，在观测中，他发现行星在有的日子显得很亮，有的日子显得暗淡；有时候跑得快，有时候跑得慢，有时候甚至不动或后退。他还发现，许多行星的运行情况跟月亮完全不同。

哥白尼的心中产生了疑问。他想，如果这些行星真的都是绕着地球转圈的话，为什么运行情况不一样呢？还有，地球到底动不动呢？他决心解开这个谜底。

为了尽快找到答案，他从浩如烟海的资料中查找有关内容，发现有人早就怀疑过地球是动的，还有人提出过地球每天都在绕轴自转，同时还绕太阳转动，其他行星也以太阳为中心做旋转运动。前人的观点给了哥白尼很大的启发。他越来越觉得根据"地心说"的宇宙构造体系推算出来的结论，跟许多实际观测到的结果差别很大。他决心推翻"地心说"，建立一种新的天文学体系。

1512 年，哥白尼到弗龙堡教堂任职。他把教堂中的一座角楼作为研究室，在那儿建立了一座小小的"天文台"。他在这个"天文台"里度过了将近 30 年。

在 30 年漫长的岁月里，哥白尼一直默默而又耐心地进行观测，不断完善新的宇宙体系。他用自制的天文仪器测出了一些相当好的数据，比如，测出地球绕太阳公转一周的时间与现代值只相差 30 秒；测出月亮到地球的平均距离是地球半径的 60.30 倍（现代值是 60.27 倍）。1543 年，哥白尼已经是个垂暮老人了。这一年，凝结着他一生心血的巨著《天体运行论》出版。哥白尼在这部著作中毫不含糊地指出：太阳是宇宙的中心体，地球和行星都围绕太阳运动，只有月亮才围绕地球旋转。他的这个观点立即招来了宗教势力的疯狂围攻。

在现在看来，哥白尼的说法还不够完善，太阳并不是宇宙的中心，也不是静止不动的。但是，他的日心说完成了科学史上的一次革命，使人类宇宙观得到了发展。